© privat

Marliese Arold wurde 1958 in Erlenbach am Main geboren. Sie studierte Bibliothekswesen in Stuttgart und arbeitet seit 1983 als Schriftstellerin. Sie lebt heute wieder mit ihrer Familie in Erlenbach am Main. In der Fischer Schatzinsel sind von ihr auch ›Gespensterpark – Die Geheimtür zur Geisterwelt‹ (Bd. 80744) und viele andere Bücher erschienen, darunter ›Die Cityflitzer‹ (Bd. 80272), ›Die Cityflitzer jagen den Computerhacker‹ (Bd. 80302), ›Die Cityflitzer voll in Fahrt‹ (Bd. 80314), ›Die Cityflitzer auf Klassenfahrt‹ (Bd. 80326) und ›Die Cityflitzer im Liebeswahn‹ (gebunden). Weitere Bände sind in Vorbereitung.

© Fotograf

Barbara Scholz, geboren 1969 in Herford, lernte zunächst den Beruf der Druckvorlagenherstellerin. Seit dem Abschluss ihres Design-Studiums arbeitet sie mit Freundinnen in einem kleinen Atelier und illustriert Kinderbücher für verschiedene Verlage. In der Fischer Schatzinsel hat sie auch »Gespensterpark – Die Geheimtür zur Geisterwelt« (Bd. 80744) von Marliese Arold illustriert.

Marliese Arold

Gespensterpark

Der Geheime Rat der Zwölf

Mit Illustrationen
von Barbara Scholz

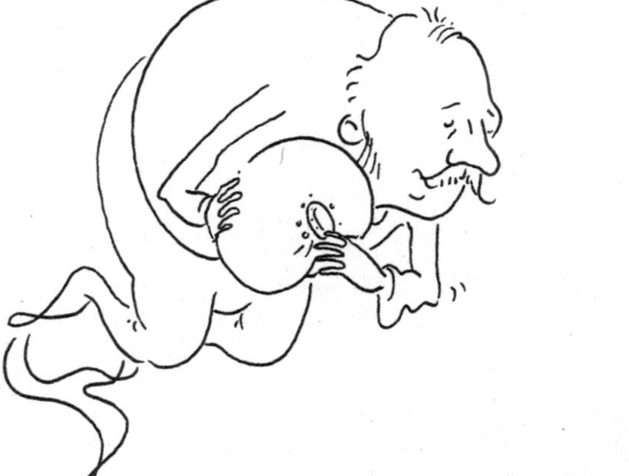

Fischer Taschenbuch Verlag

Fischer Schatzinsel
www.fischerschatzinsel.de

Veröffentlicht im Fischer Taschenbuch Verlag,
einem Unternehmen der S. Fischer Verlag GmbH,
Frankfurt am Main, April 2008

Lizenzausgabe mit freundlicher Genehmigung
des Friedrich Oetinger Verlages, Hamburg

Satz: Pinkuin Satz und Datentechnik, Berlin
Druck und Bindung: Clausen & Bosse, Leck
Printed in Germany
ISBN 978-3-596-80745-1

Nach den Regeln der neuen Rechtschreibung

Inhalt

Job ade?

»Kann sie denn nie die Tube zumachen?«, schimpfte Max. Fast jeden Morgen regte er sich auf, weil seine kleine Schwester Julia die Zahnpastatube nicht ordentlich verschloss.

»Beeil dich, Max«, mahnte Frau Hoppe vom Flur aus. »Du kommst zu spät zur Schule!«

Max quetschte einen angetrockneten Pastenstreifen auf seine Zahnbürste, schob sie mit der rechten Hand in den Mund und quirlte wild darin herum, während er sich mit der linken Hand gleichzeitig die Haare kämmte. Eine halbe Minute später verließ er frisch frisiert und mit Pfefferminzatem das Badezimmer und lief direkt in den Anorak hinein, den Mama für ihn ausgebreitet hatte wie ein Torero sein rotes Tuch.

»Jetzt aber dalli, hopp!«

Kaum war er in die Ärmel geschlüpft, hatte er schon seinen Rucksack auf dem Rücken und wurde in Richtung Wohnungstür geschoben, während Julia hinter ihm weinte und sich beklagte, dass sie ihren rechten Stiefel nicht finden konnte.

»Da ist er doch, im Schirmständer!«, sagte Max und fischte das vermisste Teil heraus. Mama stöhnte auf und klimperte ungeduldig mit den Autoschlüsseln. Sie arbeitete als Sekretärin im Heinrich-Heine-Gymnasium und nahm Julia jeden Morgen mit, um sie in den Kindergarten zu bringen. Unterdessen hütete Papa Hoppe die Wohnung, passte auf das Zwergkaninchen Mümmi auf und durchforstete die Zeitung nach Stellenanzeigen. Es gab nicht gerade viele Angebote für einen arbeitslosen Schreiner.

Heute allerdings hatte er sich schon ein paar Bretter und Werkzeug bereitgelegt, denn er wollte für Mümmi einen neuen, größeren Stall bauen. Mama war davon nicht so begeistert. Max wusste, dass sie es gerne gesehen hätte, wenn sich Papa mit etwas mehr Eifer um eine neue Stelle bemüht hätte. Max dagegen fand es ganz in Ordnung, dass sein Vater zu Hause war. Er kochte sehr gut. Staub saugen und Wäsche waschen konnte er auch, aber am allerbesten war, dass er so schöne Dinge aus Holz baute. Nur leider verdiente man damit keine Reichtümer. Und weil das Geld bei den Hoppes ziemlich knapp war, hatte sich Max letzte Woche einen Job gesucht.

Seinen Eltern hatte er erzählt, dass er, zusammen mit seiner Klassenkameradin Sophie, einem alten Mann bei Gartenarbeiten helfen und sich so ein paar Euro verdienen würde. Ganz gelogen war das nicht. Allerdings war es kein gewöhnlicher Garten, sondern ein Schlosspark. Aber auch kein richtiger Schlosspark …

Was Max und Sophie herausgefunden hatten, durften sie niemandem erzählen. Nicht nur, weil Schlossverwalter Hartriegel sie gebeten hatte, kein Sterbenswörtchen davon zu verraten, sondern auch, weil jeder vernünftige Mensch sie für verrückt erklärt hätte.

Der Schlosspark war auf den ersten Blick ein schön angelegter Park mit Bäumen und Blumen. Aber es gab geheime Tore – und durch die gelangte man in eine Welt der Geister, nämlich in den Gespensterpark!

Bisher hatten Max und Sophie nur einen kleinen Teil davon kennengelernt. Max hatte immer gedacht, dass es in Wirklichkeit gar keine Gespenster gab. Aber jetzt wusste er es besser.

Und ob es Gespenster gab! Im Gespensterpark wimmelte es nur so von magischen Kreaturen aller Art – angefangen von netten, relativ harmlosen Geisterchen bis hin zu ganz gefährlichen Geschöpfen. Wie Amadeus Hartriegel den beiden Kindern erklärt hatte, war der Park eine Art Zoo für Gespenster. Viele Arten waren gefährdet, manche sogar vom völligen Verschwinden bedroht, denn in der heutigen Welt war einfach kein Platz mehr für sie, weil die meisten Menschen nicht an Gespenster glaubten.

Max wagte kaum, sich vorzustellen, was seine Eltern sagen würden, wenn sie wüssten, was er und Sophie im Schlosspark erlebt hatten. Hartriegel hatte die bei-

den Kinder gefragt, ob sie Gespensterpfleger werden wollten. All die Gespenster mussten schließlich gut und artgemäß betreut werden.
»Träumst du, Max?« Frau Hoppe wurde ungeduldig. »Ich hab dich gefragt, ob du dein Pausenbrot eingepackt hast. Wo bist du mit deinen Gedanken?«
»Bei Gespenstern«, antwortete Max wahrheitsgemäß.
»Au prima«, rief Julia und hüpfte um Max herum. »Erzählst du mir heute Abend wieder eine neue Geschichte? Eine supersupergruselige?«
»Du mit deinen Gespenstern«, sagte Mama ein bisschen abfällig. »Wirklich, Max, du bist doch allmählich zu groß für solche Märchen!«
Max wurde in ein paar Monaten zwölf. Er fand, dass es keine Frage des Alters war, ob jemand an Gespenster glaubte oder nicht. Mit neun Jahren hatte er weniger an Gespenster geglaubt als heute. Denn seit letzter Woche hatte er seine Meinung gründlich geändert …
Was Mama wohl tun würde, wenn plötzlich ein nettes Gespenst vor ihrer Nase auftauchte? Oder wenn in der Schule ein Geist erscheinen würde, gerade dann nämlich, wenn Herr Kern mal wieder eine Arbeit schreiben wollte? Herr Kern war Max' und Sophies Mathelehrer. Sophie stand mit ihm vom ersten Tag des Schuljahrs an auf Kriegsfuß.

»Los, los, los«, drängte Mama und schob Max zur Wohnungstür hinaus. »In ein paar Minuten fängt der Unterricht an. Beeil dich endlich. Oder gibt's heute extra schulfrei für dich?«
»Gespensterfrei«, quietschte Julia gleich los. »In der Schule gibt es doch hitzefrei. Da kriegt ihr bestimmt auch gespensterfrei!«
»Julia, es ist gerade mal Anfang März«, sagte Frau Hoppe genervt. »Es gibt noch lange nicht hitzefrei. Und gespensterfrei gibt es schon gar nicht. – Da hast du es, Max. Du bringst deine kleine Schwester mit deinen Geschichten total durcheinander.«
»Tschüs«, rief Max und sauste die Treppe hinunter. Unterwegs überlegte er, ob Julia etwas ahnte. Er musste aufpassen, was er sagte, selbst wenn er nur

Quatsch mit ihr machte. Julia durfte keinen Verdacht schöpfen. *Niemand* aus der Familie durfte auch nur den geringsten Verdacht schöpfen!

»Aufgeregt?«, fragte Max, als er und Sophie am Nachmittag von ihren Rädern stiegen. Vor ihnen ragte das große schmiedeeiserne Tor auf. Wacholderweg 29. Heute hatten sie das Tor ohne Schwierigkeiten gefunden. Max wusste, dass es manchmal einfach verschwunden war. Dann konnte man an der hohen Hecke entlangfahren, solange man wollte, ohne den Eingang zum Park zu finden.
»Ein bisschen«, antwortete Sophie. »Du nicht?«
»Doch.« Max öffnete das Tor, das leise in den Angeln quietschte. Sie schoben ihre Räder über den Kiesweg. Wenig später tauchte das romantische Schlösschen vor ihnen auf. Wie es in der Sonne dalag, bot es einen wunderschönen und friedlichen Anblick. Auf den Rasenflächen ringsum zeigte sich schon ein Schimmer frisches Frühlingsgrün, und überall leuchteten weiße, gelbe und violette Krokusse.
Niemand würde vermuten, dass sich hinter dem Park eine geheimnisvolle Geisterwelt verbarg …
»Was meinst du, was wir heute tun müssen?«, fragte Sophie. »Gespensterkacke aufwischen und so ’n Zeug?«
Max blickte sie an und schnitt eine Grimasse. »Kann

sein.« Er hatte sich noch keine Gedanken gemacht. »Vielleicht müssen wir auch die Plagegeister füttern. Oder die Flaschengeister rauslassen, damit sie Bewegung kriegen. Hartriegel wird uns sicher gleich sagen, womit wir anfangen sollen.«

Sie stellten ihre Räder ab und stiegen die breite Treppe zum Schlosseingang hinauf. Auf der Brüstung standen Blumenkübel mit Buchsbäumchen, die in Tierform geschnitten waren. Die mittleren Kübel links und rechts waren allerdings leer. Sophie erinnerte sich schaudernd daran, wie sie in der Woche zuvor versehentlich ein Gespenst befreit hatte, die böse Flussfrau Mafalda – und das nur, weil sie die Blumenkübel ein wenig gedreht hatte. Diese verhexten Töpfe fasste sie bestimmt nicht mehr an!

Max öffnete die Flügeltür mit den Löwenköpfen. Sie betraten die große Eingangshalle. In den schwarzen Marmorfußboden war ein roter, fünfzackiger Stern eingelassen: der Drudenfuß, ein magisches Zeichen.

Max und Sophie wandten sich nach links und gingen den Flur entlang bis zu Hartriegels Büro. Max klopfte an die Tür. Als es drinnen still blieb, drückte er die Klinke herunter.

Im Büro war niemand.

»Hartriegel ist nicht hier«, sagte Max verwundert. »Er wusste doch, dass wir um drei kommen. Hat er uns vergessen?«

Sophie zuckte die Achseln. »Vielleicht bringt er den Jähzornlingen gerade das Jodeln bei und ist völlig genervt, weil sie's nicht kapieren.« Sie ging um den Schreibtisch herum, der wie gewöhnlich über und über mit Papieren bedeckt war. Neugierig nahm sie einen Brief in die Hand, der neben dem ausgeschalteten Computer lag, und überflog hastig die Zeilen.
»Den muss er heute gekriegt haben. Das Datum hier oben ist von gestern.«
Max fühlte sich unbehaglich. »Lass doch, Sophie. Das dürfen wir bestimmt nicht.«
Aber Sophie ließ sich nicht beirren. »Hör dir das an, Max.« Sie begann laut vorzulesen:

»Sehr geehrter Herr Hartriegel,
erst vor kurzem hat mich die Nachricht vom Tod meines Vaters erreicht. Ich bin erschüttert und voller

Trauer. Selbstverständlich werde ich sofort kommen, um das Erbe anzutreten. Ich danke Ihnen, dass Sie sich um das Schloss und vor allem um den Park gekümmert haben. In Zukunft werde ich die Verantwortung dafür tragen. Am Dienstag reise ich an, dann können wir alles regeln.
Mit freundlichen Grüßen
Jonathan von Fleuch.«

Sophie ließ den Brief sinken und starrte Max an.
»Na ja«, stotterte Max, »ist doch in Ordnung. Ich meine, ihm gehört schließlich der Park. Hartriegel ist nur –«
Sie ließ ihn nicht ausreden. »Was glaubst du? Sind wir unseren Job jetzt los?«
Das war auch das Erste, woran Max gedacht hatte. Die Kinder wussten, dass Hartriegel schon lange nach dem Sohn des Schlossherrn suchen ließ, zuletzt sogar in Amerika. Im Moment ruhte die ganze Verantwortung für den Park noch auf seinen Schultern. Er war es auch gewesen, der Max als Gespensterpfleger eingestellt hatte – nach einer strengen Eignungsprüfung. Max hatte sie auf Anhieb bestanden. Und weil Sophie so gut mit Mafalda, der gefährlichen Flussfrau, fertig geworden war, hielt Hartriegel auch sie für außerordentlich talentiert.
»Wahrscheinlich ist jetzt alles vorbei«, sagte Max mit

düsterer Miene. »Der neue Schlossherr ist bestimmt viel jünger als Hartriegel und braucht unsere Hilfe gar nicht.«
Hartriegel war die Arbeit im Gespensterpark nämlich zuletzt ein wenig über den Kopf gewachsen. Deswegen hatte er beim GRZ – dem *Geheimen Rat der Zwölf* – eine Hilfskraft beantragt.
Der *Geheime Rat der Zwölf* war eine Gruppe von zwölf Magiern und Magierinnen. Sie wurden alle dreizehn Jahre neu gewählt und kontrollierten schon seit Jahrhunderten den Park, um zu verhindern, dass die Gespenster zu dunklen Zwecken benutzt wurden.
»Das ist gemein«, stieß Sophie aus. »Wir haben doch noch gar nicht richtig angefangen.« Wütend legte sie den Brief auf den Schreibtisch zurück.
»Komm, lass uns rausgehen und Hartriegel suchen«, schlug Max vor. »Bestimmt arbeitet er irgendwo im Park.«
Sie verließen das Schloss, doch leider konnten sie den Alten auch draußen nicht finden.
»Wahrscheinlich füttert er gerade die Giftspritzer und die Wutschnauber«, vermutete Sophie.
»Möglich«, antwortete Max. »Und was jetzt?«
Sophie sah ihn von der Seite an. »Wir wissen ja, wie man in den Gespensterpark kommt.«
»Du meinst …« Max räusperte sich. Er hatte einen

Kloß in der Kehle. »Du meinst, wir sollten wirklich … auf eigene Faust … ?«
»Klar. Oder willst du wieder heimfahren?«
Das wollte Max auf gar keinen Fall.
»Okay«, sagte Sophie. »Dann lass uns zur Allee gehen.«

Ein Neuling im Gespensterpark

Die endlos lange Pappelallee war eines der magischen Tore. Von hier aus konnte man in den Gespensterpark gelangen, in die *Allee der Träume*.

Max fasste nach Sophies Hand. Nicht, dass er Angst gehabt hätte! Aber so fühlte er sich sicherer.

»Weißt du noch, wie man es machen muss?«, fragte Sophie.

Max nickte. »Rückwärts gehen und vorwärts denken.«

Hand in Hand gingen sie rückwärts. Sophie spürte, wie ihre Knie weich wurden. Sie wusste, gleich würde jeder von ihnen einen Albtraum haben. Sie nahm sich fest vor, nicht zu vergessen, dass es sich nur um einen Traum handelte. Vielleicht würde es dann nicht ganz so schlimm sein …

»Ich denke an heute Abend«, murmelte Max. »Ich werde Julia eine Geschichte erzählen.«

»Schschsch«, machte Sophie. Wenn Max redete, konnte sie sich nicht konzentrieren. Sie überlegte, welches zukünftige Ereignis sie sich vorstellen sollte. Ihr fiel Hartriegel ein. Sie dachte daran, wie der Alte sie und Max in Kürze begrüßen würde. Da war

schon sein knorriges Gesicht ... die schlohweißen Haare ...
»Gut, dass ihr da seid«, hörte sie seine brüchige Altmännerstimme. »Es ist höchste Zeit. Die Gespenster in Abteilung vier sind nämlich sehr unruhig – sehr unruhig ...«
»Nichts da!«, widersprach plötzlich eine Stimme. Zwei große Hände packten Hartriegel, hoben ihn hoch und stellten ihn einfach zur Seite. »Wir brauchen keine Gespensterpfleger!«
Ein Zeigefinger bohrte sich in Sophies Brustkorb, und ein bärtiges Gesicht tauchte vor ihr auf.
»Ich bin der Erbe des Schlosses. Mir gehört der Gespensterpark, und ich bestimme, was damit geschieht. Und ich will, dass ihr beide euch nach Hause schert, UND ZWAR AUF DER STELLE!«
»Nein, bitte, lassen Sie es uns doch wenigstens einmal versuchen«, bettelte Sophie. »Wir geben uns auch alle Mühe. Bitte!«
Aber der Kerl schüttelte seinen bärtigen Kopf. »Kommt nicht in Frage! KINDER HABEN IM GESPENSTERPARK ÜBERHAUPT NICHTS ZU SUCHEN!«
Ein Traum, schoss es Sophie durch den Kopf. *Es ist nur ein Traum.*
»Scher dich doch selber fort!«, rief sie laut. »Hau ab, du blöder Typ! Du bist ja bloß aus Phantasie!«

»Ich? Aus PHANTASIE? Dir werde ich's zeigen, Mädchen!« Der Kerl packte Sophie mit beiden Händen und schleuderte sie in die Luft. Sie machte einen Salto, aber es gelang ihr, wieder auf den Füßen zu landen.

»Ooohhh ...« Ihre Knie waren weich wie Pudding, und ihr Herz schlug einen Trommelwirbel.

Max stand neben ihr und sah sie besorgt an.

»Alles in Ordnung, Sophie?«

Sophie blies sich ein paar Haarsträhnen aus dem Gesicht und nickte. »Ich bin okay. Und du?«

»Als ich Julia eine Gutenachtgeschichte erzählt habe, hat sie sich plötzlich in eine grässliche Flussfrau verwandelt. Ich wollte weglaufen, aber dann fiel mir zum Glück ein, dass alles nur ein Traum ist«, erzählte Max. »Aber es war trotzdem ganz schön schlimm.«

»Bei mir auch«, gestand Sophie. »Allerdings besser als neulich.«

Sie gingen die *Allee der Träume* entlang, immer noch

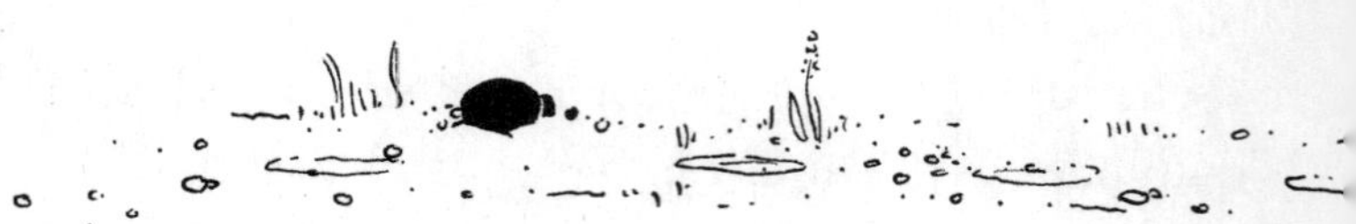

Hand in Hand. In den Bäumen links und rechts raschelte es, und Sophie spürte, dass sie von den Nachtmahren beobachtet wurden.
Dann war die Allee zu Ende. Max und Sophie waren bei dem Rondell mit den Käfigen und Pavillons angelangt. Wie schon beim letzten Mal veranstalteten die Kleingeister einen Höllenlärm, kreischten und flatterten gegen die Käfigwände.
»Da vorne ist Hartriegel«, rief Sophie aufgeregt und zog Max mit sich.
Hartriegel ging auf dem Kiesweg hin und her. Er trug ein pelziges Wesen auf dem Arm, streichelte es und redete beruhigend auf das kleine Geschöpf ein. Damit war er so beschäftigt, dass er Max und Sophie erst bemerkte, als sie dicht vor ihm standen.
»Hallo, Herr Hartriegel!«
Der Alte blickte überrascht auf. »Ihr habt den Weg allein gefunden?«

Augenblicklich fing das braunhaarige Geschöpf an zu jammern. Es klammerte sich noch fester an Hartriegels Schulter. »Huhuhu«, heulte es. Seine Tränen spritzten nach allen Seiten. »Huhuhuh …«
Sophie spürte, wie sich ihr Herz vor Mitleid zusammenzog.
»Hat einer von euch ein Taschentuch?«, fragte Hartriegel.
Max langte in seine Tasche und holte ein Papiertaschentuch hervor. Hartriegel nahm es und trocknete dem Geschöpf damit das Gesicht ab. Das Schluchzen wurde ein bisschen leiser, als das Wesen das Taschentuch an sich riss, es untersuchte und dann in kleinste Teile zerpflückte.
»Es ist ein Steinerweicher«, erklärte Hartriegel den Kindern. »Vorhin erst angekommen. Ein ganz seltenes Gespenst. Es gibt auf der Erde höchstens noch drei. Das Besondere an diesem Geist ist –«
»Huhuhu«, heulte der Steinerweicher schon wieder los, und die Tränen flossen erneut. »Keiner liebt Huhu … huhu … huhu …«
Sophie streckte die Arme nach dem Kleinen aus. Hartriegel gab ihr das Gespenst, ganz froh, es für eine Weile los zu sein.
»Dass er heult?«, beendete Max Hartriegels Satz.
Hartriegel schüttelte den Kopf. »Nicht nur. Seine Tränen lösen jede Art von Stein auf. Sie zerfressen

ihn einfach. Sie schaffen sogar den stärksten Beton.«

Der Steinerweicher schmiegte sich vertrauensvoll an Sophie. Sie spürte sein warmes Köpfchen an ihrem Hals. Dann blickte er ihr neugierig ins Gesicht. Sie sah zwei große blaue Augen, schon wieder halb gefüllt mit Tränen, eine platt gedrückte Nase wie bei einem Koalabären und einen schimpansenartigen Mund. Das Gesicht hatte etwas sehr Menschliches an sich, und es schien im Moment alles Leid der Welt auszudrücken. Sophie wurde das Herz schwer. »Was ... was hat man ihm nur getan?«

»Keiner liebt Huhu!«, kreischte der Steinerweicher wieder los und drückte sich an Sophie. Sie fühlte, wie seine heißen Tränen ihre Jacke durchnässten, und zuckte zusammen.

»Keine Bange, er brennt kein Loch in deine Haut«, sagte Hartriegel. »Die Tränen machen auch keine Flecken auf der Jacke.«

Sophie war beruhigt und strich vorsichtig über das weiche Fell. Auch Max streckte die Hand aus und kraulte das Gespenst zwischen den Ohrmuscheln. Sie sahen aus wie bei einem Menschen, aber sie saßen viel höher am Kopf. Außerdem spross auf jedem Ohr ein dickes Haarbüschel.

Das Kraulen schien dem Steinerweicher zu gefallen. Er entspannte sich, schloss die Augen und grunzte leise.

»Das macht ihr sehr gut«, lobte Hartriegel die beiden. »Ich wusste, dass ihr Talent habt! Könnt ihr euch bitte noch eine Weile um ihn kümmern? Ich muss nach einem geeigneten Käfig suchen – einen, der keine Wände aus Stein hat.« Der Alte schien angestrengt zu überlegen. »Zuerst wollte ich den Steinerweicher in eine kleine Grotte sperren. Aber da hat er sofort einen Tunnel in die Wand geätzt, und wenn ich nicht aufgepasst hätte, wäre er mir im Nu wieder entwischt.«

Bevor Max oder Sophie etwas erwidern konnten, ging Hartriegel mit großen Schritten davon.

»Der hat's aber eilig«, murmelte Sophie. »Ich hätte ihn so gerne noch nach dem Erben gefragt.«

»Lieber nicht«, meinte Max. »Sonst weiß er gleich, dass wir auf seinem Schreibtisch rumgeschnüffelt haben. Er erzählt es uns sicher von selbst. – Soll ich dir den Steinerweicher abnehmen?«

»Er ist so leicht wie Luft, aber du kannst ihn gerne mal haben.« Sophie löste vorsichtig die pelzigen Arme, die sich um ihren Hals klammerten, und legte das Gespenst in Max' Arme.

»Tatsächlich«, wunderte sich Max. »Er wiegt fast nichts, obwohl er richtig schwer aussieht.«

»Huhu ist nicht dick«, heulte der Steinerweicher gleich los und trommelte wütend mit seinen Fäusten gegen Max' Schultern. »Huhu ist gar nicht verfressen, überhaupt kein bisschen …«

Ein paar Tränen fielen auf den Kiesweg. Es zischte, und Max und Sophie sahen, wie sich einige Kiesel auflösten.
Sie waren beeindruckt. Hartriegel hatte nicht übertrieben.
Sophie streichelte die Nase des kleinen Gespensts. Die blauen Augen zwinkerten.
»Heißt du Huhu?«, fragte Sophie.
Das Gespenst nickte. »Huhu ist schon sehr alt. Und ganz allein.«
»Du Ärmster«, sagte Sophie voller Mitgefühl.
»Keiner ist nett zu Huhu«, schluchzte der Steinerweicher, und die Tränen flossen erneut in Strömen.
»Aber jetzt sind wir doch da«, meinte Max. »Sind wir etwa nicht nett zu dir?«
Der Steinerweicher sah ihn an. »Huhu weiß nicht«, flüsterte er.
»Komm, wir zeigen dir alles«, sagte Sophie. Sie war entschlossen, das kleine Gespenst von seinem großen Kummer abzulenken. Zusammen gingen sie zu dem Käfig mit den Plagegeistern. »Schau mal, Huhu.«
Als der Steinerweicher neugierig den Kopf drehte, spuckte ihm ein Wutschnauber eine Ladung violetten Schleim mitten ins Gesicht. Huhu heulte los.
»Pfui, wie gemein!«, schimpfte Sophie.
Die Jähzornlinge kreischten vor Vergnügen, und der Wutschnauber zeigte ihnen eine lange Nase.

»Wir gehen woandershin«, sagte Sophie verärgert. »Diese Plagegeister sind doch wirklich eine Plage.«
Obwohl Max alle Mühe hatte, den aufgeregten Huhu wieder zu beruhigen, entdeckte er, dass an einem der Pavillons Hartriegels Schlüssel steckte.
»Wir gucken uns Nele und Nöck an«, schlug er vor.
Nele und Nöck waren zwei niedliche Wassergeister, eine winzige Nixe und ein winziger Wassermann, die in einem Aquarium wohnten.
Doch als Max und Sophie eintraten, sahen sie, dass sie die Pavillons verwechselt hatten. Es war nicht der Raum mit dem Aquarium, sondern der, in dem die Flaschen- und Lampengeister aufbewahrt wurden.

Der Steinerweicher blickte sich neugierig um. »Schrecklich … alle eingesperrt«, greinte er zur Bestürzung der Kinder los. »Und so eng … Schrecklich, schrecklich, schrecklich!«

Seine Tränen spritzten auf den Steinfußboden. Sofort bildeten sich zahlreiche Löcher, die aussahen wie Maikäferlöcher im Frühling. Ganze Scharen von Käfern schienen da aus dem Boden gekrochen zu sein!

»Raus hier!«, kommandierte Sophie. »Hartriegel wird uns was erzählen, wenn er den Fußboden sieht!«

Hastig verließen sie den Pavillon.

Weder Sophie noch Max hatten bemerkt, dass einige Tränen auch auf eine altertümliche Lampe gespritzt waren. Die Gespenstertränen fraßen sofort ein Loch in die Lampe, und schon kurz darauf stieg eine Rauchwolke aus der Öffnung.

Der Nebel formte sich zu einer durchscheinenden Gestalt mit Pluderhose und Turban, die auf die Knie fiel und sich tief verneigte.
»Ich bin Salabim«, sagte der freigelassene Lampengeist. »Stets zu Diensten! Befiehl, und ich werde gehorchen!«
Doch als er sich aufrichtete, sah er, dass er sich vor einer Vitrine auf die Knie geworfen hatte. Es war niemand da, dem er dienen konnte.
Salabim war verwirrt und wütend zugleich. »Und jetzt? Bin ich nun auf ewig ein herrenloser Lampengeist?« Aufgebracht griff er nach seiner Lampe und schmetterte sie auf den Boden. Sie zerbrach in tausend Teile. »Warum passiert das ausgerechnet mir? Wem soll ich jetzt dienen?«
Was nun? Sollte er versuchen, seine letzte Herrin ausfindig zu machen? Aber bei der Dame hatte es ihm eigentlich nicht besonders gut gefallen. Er hatte in ihrer Puderdose gewohnt und seine Nase war deswegen ständig gereizt gewesen. Mehr als einmal hatte es auch Probleme gegeben, weil seine Herrin neugierigen Leuten erklären musste, warum ihre Handtasche geniest hatte ...
»Nein.« Salabim schüttelte den Kopf. »Zu der gehe ich bestimmt nicht mehr zurück. Ich werde mir einen neuen Herrn oder eine neue Herrin suchen – aber zuvor werde ich mich gut umsehen, damit ich keine

falsche Wahl treffe.« Er nickte zufrieden, löste sich in Rauch auf und entwich unter der Tür hindurch ins Freie.

Socken mit Mayonnaise

Max und Sophie bemühten sich redlich um den kleinen Steinerweicher. Inzwischen hatte Sophie ihn wieder auf den Arm genommen, und es war ihr gelungen, ihn zu beruhigen.
»Pass auf, was du sagst«, flüsterte sie Max zu. »Er ist so empfindlich. Ein falsches Wort und schon fängt er wieder an zu heulen.«
Max nickte. Seine kleine Schwester Julia war manchmal genauso.
Ungeduldig warteten sie darauf, dass Hartriegel zurückkehrte, denn sie fühlten sich im Umgang mit dem kleinen Gespenst doch noch etwas unsicher. Endlich tauchte er am anderen Ende des Kieswegs auf. Er schleppte schwer an einer großen Holzkiste.
Als er sie ächzend bei den Kindern abstellte, schlüpfte ein kleines Rauchwölkchen in Max' Hosentasche. Keiner bemerkte es, nicht einmal Max. Er spürte nur ein leichtes Kitzeln an der Hüfte, aber er achtete nicht darauf.
»Etwas Besseres habe ich im Moment nicht finden können«, sagte Hartriegel. »Die Kiste muss für den Anfang genügen.«

»Huhu will ein schöneres Zuhause, keine Holzkiste!«, plärrte der Steinerweicher. »Huhu will ein warmes Bett und ein kuscheliges Kissen … und Huhu will endlich was zu essen!«

»Gewiss doch, gewiss!« Hartriegel strich ihm sanft über den Kopf. »Wenn du jetzt brav in deine Kiste gehst, bringe ich dir gleich dein Lieblingsessen.«

Huhu seufzte. »Socken mit Mayonnaise.« Er verdrehte verzückt die Augen und leckte sich über die Lippen. Seine Zunge war schwarzweiß gestreift. »Gummistiefel mit Rotkraut. Geldbörsen mit Schlagsahne.«

Sophie und Max wechselten einen Blick und runzelten die Stirn.

»Socken mit Mayonnaise – ich glaube, das lässt sich machen«, versprach Hartriegel.

Gemeinsam mit den Kindern gelang es ihm, Huhu friedlich in die Kiste zu setzen.

»Ich bringe dir später auch noch Kissen und eine Decke«, kündigte Hartriegel an. Dann trugen sie die Kiste in einen der Pavillons.

»Puh«, machte Hartriegel, als sie wieder draußen waren. »Das war ein hartes Stück Arbeit. Steinerweicher sind etwas schwierig in der Haltung. Wir haben noch nie einen gehabt. Ich hab zwar schon viel von ihnen gehört, aber es ist der erste Steinerweicher, den ich mit eigenen Augen sehe. Ein Bote des *Geheimen*

Rats der Zwölf hat ihn heute Mittag gebracht. Er ist in einem Wald hier in der Nähe aufgegriffen worden und war völlig verstört. Wahrscheinlich hat er etwas Schreckliches durchgemacht.«

»Er sieht ja ganz niedlich aus«, meinte Sophie. »Und wenn er nicht dauernd heulen würde, dann wäre er sicher ein sehr nettes Gespenst.«

Hartriegel bestätigte es. »Steinerweicher sind liebe und anhängliche Geschöpfe. Leider neigen sie dazu, sehr traurig zu sein. Schon viele Steinerweicher sind im eigenen Tränensee ertrunken, deswegen gibt es nur noch so wenige von ihnen. Dabei können sie eigentlich uralt werden. – Kommt mit ins Büro. Ich muss sehen, dass ich möglichst schnell alte Socken mit Mayonnaise auftreibe, damit der Kleine uns auch wirklich vertraut.«

Er ging mit Max und Sophie den Weg entlang. Die beiden waren insgeheim etwas enttäuscht, denn sie hatten gehofft, dass sie an diesem Tag noch mehr vom Gespensterpark sehen würden. Bisher kannten sie ja nur einen kleinen Teil davon.

»Gehen wir wieder durch die Zerberus-Schleuder zurück?«, fragte Sophie. Die Zerberus-Schleuder war eines der magischen Tore, das aus dem Gespensterpark hinausführte – ein großes Hundemaul. Man musste sich in das riesige Maul hineinwagen, über die Zunge klettern und das Gaumenzäpfchen kitzeln – dann wurde man zurück ins Schloss gehustet.

»Diesmal werden wir den Krötentempel benutzen«, sagte Hartriegel. Er bog nach links ab. Hinter einer mannshohen Hecke lag ein Tümpel mit grünem Wasser. Es roch nach Moder. In der Mitte des Tümpels ragte eine steinerne Kröte empor. Sie war fast völlig mit Moos bewachsen. Auf dem Wasser blühten blutrote Seerosen. Die meisten Blüten waren noch geschlossen. Eine öffnete sich gerade mit einem deutlichen »Autsch!«.

Sophie zuckte zusammen. »Die Seerose spricht ja«, stellte sie erstaunt fest.

»Na und?«, fragte Hartriegel. »Was ist daran so ungewöhnlich?«

Ohne eine Antwort abzuwarten, kniete er sich an den Rand des Tümpels, tauchte seinen Arm ins Wasser und rief:

»Wanderkröten, kommt herbei!
Wir sind Wanderer, alle drei.«

Es blubberte im Wasser. Wenig später marschierten drei große graue Kröten im Gänsemarsch auf Hartriegels Arm, blieben dort sitzen und blickten ihn erwartungsvoll an. Sophie sah, wie ihre Kehlen pulsierten.

»Und jetzt?«, fragte Max mit schwacher Stimme. Er mochte weder Frösche noch Kröten, obwohl er sonst ein großer Tierfreund war. Aber die schleimigen Geschöpfe flößten ihm Unbehagen ein.
»Du setzt einfach eine Kröte auf deinen Arm und schaust ihr tief in die Augen«, sagte Hartriegel. »Irgendwann, meistens schon nach ein paar Sekunden, springt sie dir ins Gesicht und plupp! – schon stehst du wieder vor dem Schloss. Ganz einfach.«
»Äcks«, machte Max. Auch Sophie war wenig begeistert.
»Gibt es denn nur solche ... ekligen Wege zurück?«
Hartriegel schaute sie verwundert an. »Natürlich gibt es noch andere magische Tore. Aber diese Methode ist ziemlich ungefährlich. – Na los. Wer von

euch beiden nimmt die erste Kröte?« Er hielt ihnen das Tier auf der flachen Hand entgegen. »Ihr werdet doch wohl jetzt nicht kneifen?«

Sophie hatte sogar *sehr* große Lust zu kneifen. Aber sie wollte sich vor Max keine Blöße geben. Vorsichtig streckte sie die rechte Hand aus, packte die Kröte mit Daumen und Mittelfinger und setzte sie auf ihren linken Arm.

Das Tier sah sie an. Seine goldenen Augen schimmerten geheimnisvoll.

Eigentlich ist die Kröte gar nicht so hässlich, dachte Sophie. Und sie hat sehr schöne Augen.

Danke. Ich heiße übrigens Melusine.

»Ich bin Sophie«, antwortete Sophie automatisch. Dann zuckte sie zusammen. Wer hatte da gesprochen? Oder war die Stimme nur in ihrem Kopf gewesen?

Ich bin eine magische Wanderkröte und schicke dich gern auf die Reise, Sophie!

Klatsch! Etwas Kühles, Feuchtes war ihr gegen die Stirn gesprungen! Obwohl sie damit gerechnet hatte, erschrak Sophie so, dass sie einen Satz zurück machte und auf ihrem Po landete. Als sie blinzelte, sah sie vor sich das Schloss. Sie saß auf dem Rasen inmitten einiger Krokusse.

Während sie sich aufrappelte, erschienen neben ihr Max – sein Gesicht trug einen Ausdruck von Ekel und Überraschung – und kurz darauf Hartriegel.

»Na, hab ich euch zu viel versprochen?«, fragte dieser. »Es war doch ziemlich einfach, nicht wahr?«
»Die Kröte«, stammelte Sophie, die noch immer etwas benommen war, »sie hat mit mir geredet. Ihre Stimme war plötzlich in meinem Kopf. Sie hat gesagt, sie heißt Melusine.« Sie sah Hartriegel unsicher an. »Bin ich jetzt verrückt? Hab ich mir alles nur eingebildet oder ist es wahr?«
»Meine Kröte hat nichts gesagt«, murmelte Max und wischte sich übers Gesicht. Die Kröte war ihm auf die Nase gehüpft, und er bildete sich ein, die Berührung noch immer zu spüren.
»Melusine hat mit dir geredet?«, fragte Hartriegel erstaunt. »Das ist eine große Ehre. Es gibt nur ganz wenige Menschen, mit denen Wanderkröten reden – und das beweist, was mir schon nach deinem Erlebnis mit Mafalda klar geworden ist: Du hast ein großes magisches Potenzial.«
Sophie schnitt eine Grimasse. Sie und magische Fähigkeiten? Sie wusste gar nicht, ob sie die haben wollte. Mathematische Fähigkeiten wären ihr lieber. Mit denen konnte man wenigstens etwas anfangen. Morgen würden sie eine Mathearbeit schreiben – und davor graute ihr.
Sie folgten Hartriegel in sein Büro.
»Könnt ihr mir einen Gefallen tun?«, bat der Alte. »Ich glaube nämlich nicht, dass ich noch Mayon-

naise oder Rotkraut vorrätig habe. In der Nähe, nur ein paar Straßen weiter, ist ein Supermarkt. – Ich brauche die Sachen nur für heute und morgen. In Zukunft werde ich die Vorräte dann übers Internet bestellen.«

Max wurde hellhörig. »Und das Futter für die anderen Gespenster, bestellen Sie das auch per Computer?«

Hartriegel nickte.

»Manchmal müssen wir die Sachen über einen Spezialversand kommen lassen. Denn Gespenster-Delikatessen wie getrocknete Kakerlaken, Alraunensaft, Mammutschinken und Schneckenmarmelade bekommt man nur sehr selten in einem gewöhnlichen Supermarkt.«

Er schaltete den Computer ein, wartete, bis er hochgefahren war, und hantierte dann mit der Maus.

»Ah, da ist er ja.«

Neugierig blickten Max und Sophie auf den Monitor. Auf dem Bildschirm war das Foto eines hageren jungen Mannes zu sehen. Auffallend waren die buschigen Augenbrauen, die lange, schmale Nase und der stechende Blick. Das dunkle, lockige Haar sah aus, als hätte es dringend einen Schnitt nötig.

»Wer ist das?«, fragte Sophie.

»Jonathan von Fleuch«, antwortete Hartriegel. »Er ist der Sohn des verstorbenen Schlossherrn und der rechtmäßige Erbe des Schlosses. Wir haben lange nach ihm gesucht. Heute habe ich endlich einen Brief von ihm bekommen.«

Sophie hielt unwillkürlich die Luft an und warf Max einen bangen Blick zu.

»Ich hatte schon befürchtet, wir finden diesen Jonathan nie.« Hartriegels Stimme klang erleichtert. »Jetzt werde ich bald die Verantwortung für den Gespensterpark abgeben können.«

»Heißt das, dass wir dann nicht mehr gebraucht werden?«, platzte Max heraus.

Hartriegel hob den Kopf.

»Was mit euch sein wird? Hm. Offen gestanden habe ich darüber noch nicht nachgedacht. Anfangs werde ich Jonathan sicher in alles einweisen müssen, aber ob er dann noch weitere Hilfe benötigt, weiß ich nicht.«

Sophie presste die Lippen aufeinander. Das klang nicht gerade ermutigend! Auch Max schluckte schwer vor Enttäuschung.

Hartriegel schien es gar nicht zu bemerken. Versonnen blickte er aus dem Fenster. »Bald kann ich endlich wieder das machen, was ich am liebsten tue: säen und pflanzen. Dann muss ich mich nicht mehr mit diesen Kreaturen abquälen – so nett manche auch sein mögen. Aber die meisten sind doch schreckliche Plagen, die einen am liebsten in Angst und Schrecken versetzen! Freiwillig hätte ich bestimmt nie diese Arbeit auf mich genommen. Doch schließlich habe ich dem alten Schlossherrn auf dem Totenbett mein Ehrenwort geben müssen, dass ich mich um den Gespensterpark kümmern werde ...« Er brach ab und räusperte sich. »Aber lassen wir das.«

Er zog eine Schublade auf und nahm einen Geldschein heraus, den er Max und Sophie gab. »Für eure Einkäufe.«

Sophie hatte eine Idee. »Mein Vater hat im Schrank noch viele alte Socken, die kann ich mal mitbringen.«

»Und wir haben noch Gummistiefel in der Garage, die keiner mehr anzieht«, fiel Max ein.

»Gut«, erwiderte Hartriegel. »Aber nicht, dass eure Eltern anfangen, dumme Fragen zu stellen. Ihr wisst doch: Verschwiegenheit ist hier das oberste Gebot.«

Das Gespenst auf dem Klo

»So eine Pleite«, murmelte Max, nachdem sie die Einkäufe für Hartriegel ins Schloss gebracht hatten. »Den Job sind wir garantiert bald los. Ausgerechnet jetzt, wo es anfängt, spannend zu werden.«

Sie standen mit ihren Fahrrädern an der Kreuzung.

Sophie zuckte die Achseln. »Abwarten. Vielleicht braucht der Erbe ja doch unsere Hilfe. Tschüs, wir sehen uns morgen in der Schule.« Sie radelte los.

Max fuhr nach Hause.

In der Garage traf er seinen Vater, der immer noch emsig hämmerte und sägte. Der Kaninchenstall war schon fast fertig. Nur die Vorderfront fehlte noch.

»Sieht toll aus«, meinte Max. »Da drin wird sich Mümmi bestimmt wohl fühlen.«

Herr Hoppe freute sich über das Lob. Er trat einen Schritt zurück und begutachtete sein Werk. »Bald kann unser kleiner Kerl einziehen«, sagte er nicht ohne Stolz.

Max dachte daran, dass sein Vater bestimmt auch für Huhu ein hübsches Zuhause bauen könnte. Schade, dass er nichts sagen durfte! Sein Blick fiel in die Garagenecke. Dort standen zwei Paar uralte Gummistiefel, völlig verstaubt und voller Spinnweben. Das eine Paar war grün, mindestens Größe 45. Das andere Paar hatte Max gehört, aber er war schon lange rausgewachsen. Sicher würde niemand die Stiefel vermissen – und der Steinerweicher würde sich freuen!

»Bis gleich«, sagte Max zu seinem Vater und ging ins Haus. Auf der Treppe pfiff er vor sich hin, doch als seine Mutter die Tür öffnete, verging ihm das Pfeifen. Mama hatte schlechte Laune, das sah er auf den ersten Blick.

»Wir haben abgemacht, dass die Schule nicht unter deinem Job leidet«, empfing sie ihn.

»Tut sie ja auch nicht«, antwortete Max.

»Sieht aber nicht so aus, als würdest du besonders viel Eifer aufbringen«, sagte Frau Hoppe. »Du hast heute noch keinen Strich Hausaufgaben gemacht, und wenn ich mich recht erinnere, schreibt ihr morgen eine Mathearbeit. Ich hab nicht gesehen, dass du dafür geübt hast.«

»Aber Mama, ich *kann* Mathe«, behauptete Max. »In der Schule hab ich alles kapiert.«

»Hoffentlich.« Mama war noch nicht fertig. Sie sah auf seine Hosen. »Ich hab dir am Samstag schon gesagt, dass du deine Jeans in die Wäsche werfen sollst. Die steht doch vor Dreck! Auf solche Dinge achtest du nie, dabei bist du mit deinen elf Jahren wirklich alt genug!«

Max vermutete, dass sich Mama in Wirklichkeit über Papa ärgerte. Doch das war kein Grund, ihre Unzufriedenheit an ihm auszulassen, fand er. Und überhaupt – er selber freute sich über den neuen Kaninchenstall! Papa war in solchen Dingen wirklich geschickt, und niemand hatte Schuld daran, dass andere Leute seine Fähigkeiten nicht zu würdigen wussten.

»Geh ins Bad und wasch dir die Hände«, sagte Mama. »Und mach das Waschbecken anschließend sauber.«

Max verzog sich ins Bad, wusch sich die Hände und stopfte seine schmutzige Jeans in den Wäschekorb, wie Mama es gewünscht hatte.

»Autsch!«

Max stutzte. Jetzt hatte er schon Halluzinationen! Im Gespensterpark sagten vielleicht die Seerosen »Autsch!«, aber seine Hosen hatten noch nie mit ihm geredet. Max musste grinsen. Er stellte sich das Gesicht seiner Mutter vor, wenn die Jeans zu ihr auf einmal »Bitte wasch mich!« sagen würde. Oder wenn sie beim Bügeln rufen würde: »Nicht so heiß, nicht so heiß …«

Das musste er sich merken. Vielleicht konnte er daraus eine Gutenachtgeschichte für Julia machen!

Max verließ das Badezimmer.

Kaum war er draußen, stieg ein kleines Rauchwölkchen aus den Ritzen des Wäschekorbs und formte

sich zu einer durchscheinenden Gestalt in Pluderhosen und Turban.
»Wo bin ich?« Neugierig sah sich Salabim um. Er roch am Duschvorhang, leckte an der Seife und biss versuchsweise in den Badeschwamm. Angewidert verzog er das Gesicht. Dann probierte er den Hahn an der Badewanne aus und zuckte zurück, als plötzlich ein Schwall heißes Wasser aus dem Rohr hervorschoss.

»Verflixt!« Schnell stellte er den Hahn wieder ab und blies sich auf die schmerzende Hand. Doch schließlich siegte wieder die Neugier. Auf der Ablage neben der Wanne und über dem Waschbecken waren soviele Tuben

und kleine Gefäße. Wozu all diese Sachen wohl gut waren? Und ob einer der Behälter sich vielleicht als gemütlicher Schlafplatz eignete?
Salabim lupfte den Deckel von Mamas Nachtcreme, schnupperte an der Flasche mit Julias Badeshampoo und schraubte den Verschluss von der Zahnpastatube auf. Der Pfefferminzduft gefiel ihm. Genießerisch sog er die Luft ein.
»Hm, wie gut das riecht! Es erinnert mich an meine Heimat, an die Basare mit den vielen Gewürzen! Mal sehen, wie's innen aussieht.« Kurz entschlossen wurde Salabim zu einer Rauchwolke und schlüpfte in die Zahnpastatube.
Kaum war er verschwunden, kam Frau Hoppe ins Badezimmer und warf Julias Turnsachen in den Wäschekorb. Dabei begutachtete sie das Waschbecken, aber Max hatte es tatsächlich sauber hinterlassen. Dann fiel ihr Blick auf die offene Zahnpastatube.
»Typisch Julia!«, schnaubte sie und schraubte die Tube zu.

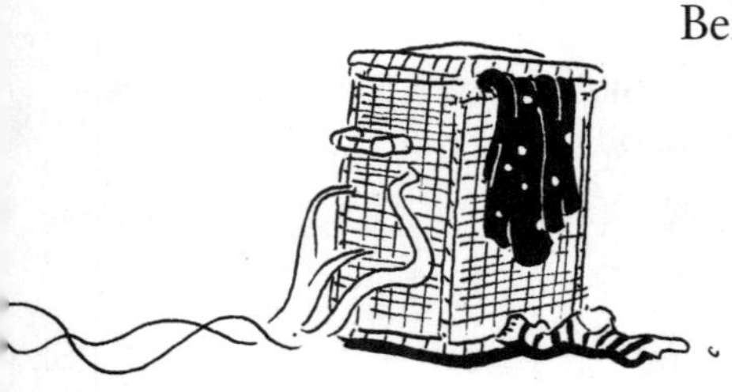

Beim Abendessen musste Herr Hoppe dauernd gähnen. Die Arbeit an dem neuen Kaninchenstall hatte ihm zwar viel Spaß gemacht, ihn aber auch angestrengt. Schließlich hatte er fast den ganzen Tag daran herumgewerkelt. Er gab nur knappe Antworten, wenn er von seinen Kindern oder von seiner Frau etwas gefragt wurde. Julia dagegen plapperte in einem fort. Vergnügt erzählte sie, wie sie im Kindergarten einen Laubhaufen durchwühlt hatten und dabei auf einen Igel gestoßen waren.

»Der hat noch Winterschlaf gehalten und war genauso müde wie Papa.«

Herr Hoppe stand vom Tisch auf. »Ich glaube, ich geh heute früh schlafen. Mir kratzt der Hals. Vielleicht bekomme ich eine Erkältung.«

Im Bad griff Herr Hoppe zuerst nach einer Pinzette, um sich einen Holzsplitter aus dem Finger zu ziehen. Dann schraubte er ganz in Gedanken die Kinder-Zahnpastatube auf, die sonst nur von Julia und Max benutzt wurde, und wollte einen Klacks Paste auf seine Zahnbürste drücken.

»Auauauauau!«

Verwirrt hielt Herr Hoppe inne. Hatte da jemand gerufen?

Aus der Öffnung schoss plötzlich eine ganze Ladung Zahncreme und spritzte dem Vater ins Gesicht. Herr Hoppe schrie auf und ließ die Tube ins Waschbecken fallen.

Besorgt stürzte Frau Hoppe ins Bad. »Was ist passiert? Bist du ausgerutscht? Du hast so geschrien.« Herr Hoppe wandte ihr den Kopf zu. Sein Gesicht war über und über mit Zahnpasta bekleckert. Zum Glück hatte er nur wenig davon in die Augen bekommen, aber es brannte trotzdem.

»Ach du meine Güte!« Frau Hoppe konnte ein Lachen nicht unterdrücken. Sie reichte ihm ein Handtuch. »So was bringst auch nur du fertig!«
»Ich kann nichts dafür«, rief Herr Hoppe seiner Frau hinterher. »Die Zahnpasta ist mir einfach ins Gesicht gespritzt, ich hab nur leicht draufgedrückt.« Er spülte sich die Paste aus dem Gesicht und trocknete sich ab. Es reichte ihm wirklich für heute. Er wollte nur

noch ins Bett. Schlecht gelaunt verließ er das Bad und verschwand im Schlafzimmer.
Kaum war er draußen, entwich Rauch aus der Zahnpastatube, und Salabim erschien.
»Das war nicht der richtige Herr für mich«, murmelte er traurig. Nachdenklich hockte er sich auf den Klodeckel und stützte das Gesicht in die Hände. »Ach, wenn ich doch endlich jemandem dienen könnte. Ich würde ihm jeden Wunsch erfüllen. Ich würde alles tun, was in meiner Macht steht, um ihn glücklich zu machen ...« Er seufzte sehnsüchtig.
Da hörte er Schritte. Aufmerksam hob er den Kopf und sah, wie die Klinke der Badezimmertür heruntergedrückt wurde. O weh – jetzt war es zu spät, wieder in die Tube zu schlüpfen!
Julia kam herein. Sie lief zielstrebig zum Waschbecken, nahm ihre Zahnbürste und wollte nach der Zahnpastatube greifen.
Salabim holte tief Luft. »Mal angenommen, du hättest drei Wünsche frei – was würdest du dir wünschen, kleines Fräulein?«
Julia drehte sich um. Ihre Augen wurden groß wie Wagenräder, als sie Salabim erblickte. Sie schluckte. »Wer bist du?«, wisperte sie tonlos.
»Gestatten: Salabim, Lampengeist«, sagte Salabim und verneigte sich so tief, dass ihm der Turban vom Kopf rutschte und vor Julias Füße rollte. »Zurzeit

leider ohne Lampe und ohne Herr beziehungsweise Herrin. Aber ich hoffe, dass sich das bald ändert.«

Julia starrte auf den Turban und ließ die Zahnbürste fallen. »HILFE! HILFE!« Schreiend lief sie aus dem Badezimmer und warf sich im Flur in Mamas Arme.

»Auf dem Klo sitzt ein Gespenst!«, heulte sie los. »Ganz echt. Und es hat mich gefragt, was ich mir wünschen will …«

»Beruhig dich, Julia.« Mama drückte die Kleine an sich. »Das war nur Papa mit einer Menge Zahnpasta im Gesicht.«

Trotzig machte sich Julia los. »Ich kenne doch Papa!« Sie stampfte mit dem Fuß auf. »Das war er nicht. Das war ein echtes Gespenst, und es hat –«

»Was ist mit mir?«, tönte Papas Stimme aus dem Schlafzimmer. Weil die Tür nur angelehnt war, hatte er mitbekommen, dass von ihm gesprochen wurde. »Ich bin hier.«

»Es war ein echtes Gespenst«, betonte Julia noch einmal. »Es hat gesagt, dass ich drei Wünsche frei habe, und dann ist mir sein Turban vor die Füße gerollt.«

Max kam aus der Küche, ziemlich blass. Er hatte alles gehört, was Julia erzählt hatte. Ihm war sofort klar, dass sie die Wahrheit sagte. Irgendetwas musste schief gelaufen sein.

»Was sagst du da?«, fragte er. »Auf unserem Klo sitzt ein Gespenst?«

Mama funkelte ihn wütend an. »Ja, bestärk sie noch! Du bist es doch, der ihr all das dumme Zeug in den Kopf setzt! Dauernd erzählst du ihr Gespenstergeschichten. Kein Wunder, wenn sie anfängt, überall Geister zu sehen!«

»Aber es stimmt!«, quietschte Julia. »Ich hab den Geist wirklich gesehen, ehrlich wahr!«

»Ich kümmere mich darum«, sagte Max und flutschte ins Bad, ehe ihm jemand zuvorkommen konnte. Er knallte die Tür zu und drehte den Schlüssel herum. Dann wandte er sich um, fest entschlossen, es mit jedem Geist aufzunehmen.

Salabim verneigte sich. »Sei gegrüßt, Herr.«

Max spürte, wie seine Knie weich wurden. Er hatte mit einem kleinen Gespenst gerechnet, vielleicht in der Größe der Plagegeister. Oder so groß wie der Steinerweicher. Doch der Kerl vor ihm war größer als Papa. Max wurde bewusst, wie wenig Erfahrung er noch mit Gespenstern hatte. Woran erkannte man, ob ein Geist gefährlich war?

»Was willst du?« Max ärgerte sich, dass seine Zähne aufeinanderschlugen. Es war gar nicht gut, wenn der andere merkte, dass er Angst hatte. Er musste tapfer und entschlossen auftreten!

»Was ich will?«, wiederholte der Geist. »Sag mir lieber, was du willst. Ich könnte dir nämlich drei Wünsche erfüllen.«

In Max' Kopf wirbelten die Gedanken durcheinander. Er versuchte, sich an alles zu erinnern, was er über solche Situationen gelesen hatte. Es gab Gespenster, die zuerst ganz freundlich taten, nur um einen dann umso schlimmer zu ärgern. Max war vorsichtig. »Ach, die Nummer mit den drei Wünschen«, sagte er und bemühte sich, seine Stimme lässig klingen zu lassen. »Ist ja uralt. Könnt ihr Geister euch nicht mal was Neues ausdenken?«

Der Geist war verblüfft. »Dann soll ich dir keine drei Wünsche erfüllen?«
»Nur einen«, sagte Max. »Kehr dahin zurück, woher du gerade gekommen bist.«
»Wenn's unbedingt sein muss.« Der Geist gehorchte und wurde zu einer Rauchwolke.
Eigentlich hatte Max gedacht, dass das Gespenst nun schnurstracks in den Gespensterpark zurückkehren würde. Als er sah, wie sich die Rauchwolke in die Zahnpastatube verflüchtigte, machte er große Augen. Doch dann zögerte er nicht länger, sondern schraubte geistesgegenwärtig den Verschluss drauf. Jetzt war der Geist gefangen! Das Herz schlug Max bis zum Hals. Gerade nochmal gut gegangen! Bestimmt hätte der Geist ihn mühelos in viele kleine Stücke zerlegen können, wenn er es gewollt hätte ...
Mama klopfte an die Badezimmertür. »Warum hast du dich eingeschlossen, Max? Was tust du da drin? Los, mach auf!«
Max holte tief Luft. »Sofort.« Kurz entschlossen steckte er die Zahnpastatube in die Hosentasche. Sicher war sicher! Julia durfte sie auf keinen Fall wieder in die Finger kriegen. Dann drehte er den Schlüssel herum.
Mama und Julia stürzten herein. Frau Hoppe blickte sich suchend um.
»Na bitte«, meinte sie. »Genau, wie ich's gesagt habe.

Kein Gespenst. Nichts. Nicht einmal ein klitzekleiner Geist. Du hast geträumt, Julia.«
»Hab ich nicht«, beharrte Julia. Sie sah Max an. »Was hast du mit ihm gemacht?«
»Ins Klo gespült«, erwiderte Max.
»Echt?«, fragte Julia.
»Ich musste dreimal ziehen, bis er endlich unten geblieben ist«, behauptete Max mit unbewegter Miene.
Mama machte ein ärgerliches Gesicht. »Jetzt hör endlich auf damit, Max! Ich kann es wirklich nicht mehr hören, und du machst Julia nur Angst. Also, Julia, du siehst, der Geist ist weg. Verschwunden. Hat sich in Luft aufgelöst. Du kannst dir in Seelenruhe die Zähne putzen und dann ins Bett gehen.«
Julia nickte.
Während Mama noch mit Julia beschäftigt war, zog sich Max leise zurück und ging in sein Zimmer. Dort suchte er nach einem guten Versteck für die Zahnpastatube. Nichts erschien ihm sicher genug. Schließlich steckte er sie in seine Schultasche. Dass Mama oder Julia darin herumwühlten, war ziemlich unwahrscheinlich.
Schon hörte er, wie Julia im Bad nach ihrer Zahnpasta schrie.
»Papa wird sie weggeworfen haben«, war Mamas Antwort. »Jetzt sei nicht so nervig, Julia. Hier ist

eine andere Tube, die kannst du heute auch mal nehmen.«

Max seufzte tief und ließ sich rücklings aufs Bett fallen. Am liebsten hätte er gleich Sophie angerufen, um mit ihr zu reden, aber das musste leider bis morgen warten.

Was für ein anstrengender Tag!

Eine Falle für Max und Sophie

Als Herr Kern die Mathehefte einsammelte, hatte Max ein ungutes Gefühl. Bestimmt hatte er die Arbeit völlig verhauen! Bei zwei der vier Aufgaben hatte er keine Ahnung vom Lösungsweg gehabt. Und ob das Ergebnis der restlichen Aufgaben stimmte, war fraglich.

Er konnte sich das Donnerwetter von Mama schon gut vorstellen. In der letzten Zeit nahm sie Max' Schulleistungen viel wichtiger als früher. Ob es vielleicht damit zusammenhing, dass Papa arbeitslos war?

Max schielte zu Sophie. Die machte auch ein ziemlich belämmertes Gesicht. Offenbar war es bei ihr genauso schlecht gelaufen wie bei ihm. Er seufzte. Zu blöd, dass er sich einfach nicht hatte konzentrieren können. Dauernd hatte er an den Geist denken müssen, den er in die Zahnpastatube gesperrt hatte und jetzt in seiner Schultasche mit sich herumtrug. Max zerbrach sich den Kopf darüber, wie es dem Gespenst gelungen war, zu entwischen und mitzukommen. Ob Hartriegel darauf eine Antwort wusste?

Endlich klingelte es zur Pause.

Als Sophie mit ein paar Freundinnen das Klassenzimmer verlassen wollte, zupfte Max sie am Ärmel. »Ich muss mit dir reden.«

»Was gibt's?«, fragte Sophie.

»Kann ich dir nur unter vier Augen sagen.«

Verena und Nicole stießen sich gegenseitig an und grinsten vielsagend.

»Vielleicht will er dir eine Liebeserklärung machen«, sagte Verena.

»Quatsch keinen Müll«, fauchte Sophie. »Ihr könnt schon mal vorgehen, ich komme gleich nach.«

Als sie allein waren, setzte sich Sophie auf Max' Tisch. »Schieß los. Was gibt's?«

Max zog die Zahnpastatube aus seiner Schultasche. »Hier drin ist ein Gespenst.« Er erzählte Sophie von der verrückten Geschichte, die sich abends bei den Hoppes abgespielt hatte.

»Der Geist ist garantiert aus dem Gespensterpark entwischt«, meinte Sophie. »Wir waren doch ges-

tern im Pavillon bei den Flaschen- und Lampengeistern. Wahrscheinlich hat sich da einer mit uns rausgeschmuggelt.«
Max nickte. »Hab ich mir auch gedacht.«
Sophie grinste. »Warum hast du ihn nicht während der Mathearbeit freigelassen? Das hätte ein bisschen Abwechslung in den Unterricht gebracht.«
Max grinste ebenfalls, aber dann wurde er ernst. »Ich trau mich nicht, ihn rauszulassen«, gestand er. »Er ist so groß wie ein Mann, und wenn er schlechte Laune hat …«
Sophie stimmte ihm zu. »Lieber kein Risiko eingehen. Am besten, wir fragen Hartriegel um Rat.«
In diesem Moment steckte ein Lehrer seinen Kopf zur Tür herein. »Was, ihr seid noch nicht draußen auf dem Hof?«
An der Schule gab es die Vorschrift, dass in den Pausen alle Schüler das Schulgebäude verlassen und auf den Pausenhof gehen mussten. Die Vorschrift galt sogar bei Regenwetter, aber es kam darauf an, welcher Lehrer gerade die Aufsicht hatte. Manche drückten ein Auge zu.
Aber an diesem Tag schien die Sonne, und der Lehrer war einer von der strengen Sorte.
»Ab auf den Schulhof«, kommandierte er und deutete mit dem Zeigefinger den Weg nach draußen an.
»Wir haben Tafeldienst«, log Sophie. Sie rutschte

vom Tisch, griff nach dem Schwamm und fing an, die Tafel zu putzen.
Der Lehrer runzelte die Stirn. Sicherlich hörte er diese Ausrede nicht zum ersten Mal. Max kam Sophie zu Hilfe und schnappte sich den Lappen, um die feuchten Stellen trocken zu wischen.
Der Lehrer schaute ihnen eine Weile zu.
»Die Außenseiten nicht vergessen«, sagte er. Dann entdeckte er die Zahnpastatube auf Max' Tisch, und ehe die Kinder es verhindern konnten, hielt er sie in der Hand.
»Was soll die Zahnpasta hier?«
»Ich bin Zahnspangenträgerin«, sagte Sophie wie aus der Pistole geschossen, dabei hatte sie von Natur aus die gleichmäßigsten Zähne, die man sich vorstellen konnte. »Ich muss mir nach jeder Mahlzeit die Zähne putzen.«
Max bewunderte mal wieder ihre Schlagfertigkeit. Er atmete auf, als der Lehrer die Tube zurücklegte.
»Aber wenn ihr irgendeinen Blödsinn damit anstellt …« Der Lehrer hob noch einmal warnend den Zeigefinger, dann war er draußen.
Sophie stieß die Luft aus und legte den Schwamm ab.
»Gott sei Dank! Ich hab vielleicht einen Schreck gekriegt.«
»Ich auch.« Max schluckte. »Der hat keine Ahnung, *welchen* Blödsinn wir tatsächlich damit anstellen

könnten. – Na ja, es müsste ja kein Blödsinn sein«, fügte er versonnen hinzu. Wenn der Geist ihm wirklich jeden Wunsch erfüllen würde, welche Macht hätte er dann! Wie einfach würde das Leben sein! Er konnte jedes Problem einfach zum Teufel wünschen! Er hätte immer genug Taschengeld, sein Vater würde einen tollen Job bekommen, um die Schule würde er sich keine Gedanken mehr machen müssen …

Sophie reichte ihm die Tube. Sie sah Max warnend an.

»Es kann total gefährlich werden. Und Hartriegel wäre bestimmt sehr enttäuscht von uns.«

Max seufzte und steckte die Zahnpastatube in seinen Anorak. »Du hast ja recht. Leider. War auch nur so ein Gedanke.«

»Ach Max«, sagte Sophie. »Was glaubst du, wie sehr ich mir schon einen kleinen Mathegeist gewünscht habe? Weißt du, so ein winzig kleines Genie, das mir immer die richtigen Lösungen ins Ohr flüstert?« Sie schnitt eine Grimasse. »Jetzt krieg ich bestimmt bald Nachhilfe. Das haben meine Eltern mir schon angedroht. Ich soll doch später ihre Zahnarztpraxis übernehmen, und dazu muss ich supersupergut in der Schule sein.«

»Du Arme«, sagte Max mitfühlend. Eltern waren manchmal noch schwieriger als Gespenster!

Pünktlich um drei Uhr nachmittags standen Sophie und Max wieder vor dem Schloss. Max hatte die alten Gummistiefel aus der Garage mitgebracht, und seine Freundin hatte eine Tüte mit alten Socken dabei.
»Das gibt einen Festschmaus für Huhu«, freute sich Sophie, als sie ihr Mitbringsel vom Gepäckträger nahm.
»Hoffentlich verdirbt er sich nicht den Magen«, meinte Max. »Ob er alle auf einmal runterschlingen wird?«
»Keine Ahnung, wie gefräßig so ein Steinerweicher ist«, antwortete Sophie.
Hartriegel war wieder nicht in seinem Büro. Diesmal suchten Sophie und Max erst gar nicht lange im Park, sondern gingen gleich zur Pappelallee, um in den Gespensterpark zu gelangen.
In der *Allee der Träume* hatten sie den gleichen Albtraum. Sowohl Max als auch Sophie träumten davon, dass Herr Kern ihnen die Mathearbeit zurückgab – mit einer knallig roten Sechs!
Sie waren ein bisschen benommen und ziemlich kleinlaut, als sie die Allee entlanggingen und das Rondell mit den Käfigen erreichten.
Die Tür eines Pavillons stand offen. Sophie und Max waren überzeugt davon, dass sie Hartriegel dort treffen würden. Doch als sie eintraten, entdeckten sie zu ihrer Verblüffung einen Fremden. Er stand mit dem

Rücken zu ihnen vor dem Aquarium, hatte den rechten Ärmel hochgekrempelt und versuchte mit der Hand die kleine Nixe zu fangen, die ängstlich hin- und herschwamm. Der winzige Wassermann wollte seiner Freundin zu Hilfe kommen und stach wütend mit seinem Dreizack auf die Hand ein. Der Fremde hatte die Nixe jetzt in eine Ecke gedrängt und sie konnte nicht ausweichen. Gleich würde sie in seiner Hand zappeln …

»Was machen Sie da?«, rief Sophie empört.
So ein Grobian! Wusste er denn nicht, dass die Nixe Nele ein äußerst scheues Geschöpf war, das man nicht erschrecken durfte?
Der Fremde fuhr herum. Dem Wassermann gelang es, einen kräftigen Treffer zu landen. Mit einem Aufschrei zog der Mann die Hand aus dem Aquarium, und Nele kam frei. Im Nu tauchten die beiden winzigen Wesen unter und verschwanden im Wasser, das bei der Aktion ganz trübe geworden war.
»Wer seid ihr, und wie kommt ihr hierher?«
»Das könnten wir Sie auch fragen«, entgegnete Sophie, die innerlich noch immer kochte. Dabei konnte sie sich schon denken, wer der Fremde war. Die Gesichtszüge kamen ihr bekannt vor. Es musste der Mann sein, den Max und sie gestern auf Hartriegels Computerbildschirm gesehen hatten: Jonathan von Fleuch, der Erbe des Schlossparks.
»Wie viele Leute kennen wohl noch das Geheimnis des Gespensterparks, wenn sogar schon Kinder Bescheid wissen?«, fauchte der Fremde. Er sah aus, als würde er gleich explodieren.
Sophie spürte, wie ihre Knie weich wurden. Was für ein widerlicher Kerl! Er war ihr vom ersten Moment an unsympathisch. Wie herzlos er mit Nele umgegangen war!
»Niemand weiß etwas«, antwortete Max. »Nur wir.

Hat Herr Hartriegel Ihnen denn nichts von uns erzählt? Wir sind Helfer, ganz offiziell.«

Einerseits war Sophie erleichtert, dass Max alles erklärte. Andererseits wunderte sie sich, dass er so ungezwungen mit dem Fremden redete. Fand er den Kerl denn nicht genauso widerlich wie sie? Am liebsten würde sie kein einziges Wort mit ihm reden!

»Aha, Hartriegel«, wiederholte der Mann langsam. »Nein, er hat mir nichts von irgendwelchen Helfern gesagt.«

Max warf Sophie einen unsicheren Blick zu. Doch sie bemerkte es nicht, weil sie den Erben musterte. Er war groß und hager, trug einen grob gestrickten, grauen Wollpullover und schwarze Cordhosen. Sophie wunderte sich über das linke Hosenbein. Das untere Stück war nicht schwarz, sondern kariert – so als sei dem Schneider an dieser Stelle der Stoff ausgegangen. Auch die Schuhe passten nicht zueinander. Sie waren zwar beide aus schwarzem Leder, aber der linke Schuh hatte viele kleine Löcher und der rechte keine. Merkwürdig! Ob der Erbe Wert auf ausgefallene Kleidung legte?

»Sie können Herrn Hartriegel gerne fragen«, sagte Max. »Der GRZ hat ihm Helfer bewilligt, und das sind wir.«

Sophie fiel auf, dass der Erbe aufmerksam wurde, als Max den *Geheimen Rat der Zwölf* erwähnte.

»So, ihr kennt also auch schon den GRZ?«, fragte er

erneut betont langsam. »Sehr interessant, sehr interessant! Hartriegel hat wohl *alles* ausgeplaudert!«
Sophie war sich inzwischen sicher, dass sie mit diesem Menschen bestimmt nicht zusammenarbeiten wollte.
»Herr Hartriegel wird Ihnen sicher alles erklären können«, meinte Max.
»Ja, das soll er ruhig, das verlange ich auch.« Der Fremde fasste Max an der Schulter. »Komm, junger Freund, wir werden gleich zu ihm gehen.«
Am liebsten hätte Sophie Max zurückgerissen, um ihn zu schützen – wie neulich vor Mafalda. Aber sie beherrschte sich. Sie wollte ihre Abneigung nicht so deutlich zeigen.
Doch als sich der Fremde anschickte, mit Max zusammen den Pavillon zu verlassen, fragte sie empört: »Und ich?«
Der arrogante Kerl übersah sie doch glatt!
»Du?« Der Erbe streckte seinen Zeigefinger aus und stupste sie an. »Du wartest hier ... und passt auf.«
»Aufpassen?« Sophie hob die Augenbrauen. »Auf wen denn?«
»Na – auf alles.«
Damit verschwanden er und Max.
Sophie sah sich unschlüssig um. Sie hatte ein ungutes Gefühl. Aber wahrscheinlich machte sie sich wieder mal viel zu viele Sorgen. Hartriegel würde sicher alles erklären können. Vielleicht würde sich doch noch

alles einrenken und der Erbe würde sie akzeptieren und ein wenig netter zu ihnen sein …

Doch tief im Innern glaubte sie nicht daran.

Um sich ein wenig abzulenken, trat sie vorsichtig an das Aquarium. Noch immer war das Wasser trüb. Nele und Nöck ließen sich nicht blicken. Sophie erinnerte sich an die entzückende Szene bei ihrem ersten Besuch im Gespensterpark. Da hatte die winzige Nixe am Beckenrand gesessen und sich summend die langen Haare gekämmt. Der verliebte Wassermann war völlig hingerissen gewesen und hatte ihr einen Kuss gegeben.

»Arme Nele, armer Nöck«, murmelte Sophie. »Ihr mögt diesen fiesen Kerl genauso wenig wie ich, stimmt's?«

Ein paar Luftblasen stiegen im Wasser hoch, aber Sophie hatte keine Ahnung, ob die beiden sie tatsächlich verstanden hatten.

»Hartriegel ist in seinem Büro«, sagte Jonathan von Fleuch zu Max. »Wir nehmen die Zerberus-Schleuder.«

»Nein, er ist nicht im Büro«, widersprach Max. »Wir haben vorhin dort nachgesehen; er war nicht da.«

Der Erbe warf Max einen Blick zu, der ihm durch und durch ging. »Wenn ich es sage, dann kannst du es mir ruhig glauben, HARTRIEGEL IST DORT.«

Etwas in dieser Stimme teilte Max mit, dass es klüger wäre, den Mund zu halten.
Max zuckte die Achseln. Na gut, wenn der Erbe darauf bestand ... Er würde ja in Kürze selber sehen, dass der Alte nicht dort war.
Das riesige Hundemaul, das in einen Felsen eingelassen war, kam Max noch größer und unheimlicher vor als beim ersten Mal. Es kostete ihn große Überwindung, es zusammen mit Jonathan zu betreten.
Der Erbe bemerkte Max' Zögern. »Bist du etwa feige?«, spottete er. »Oder hast du Angst vor mir?«
Max schüttelte den Kopf, obwohl er sich äußerst unbehaglich fühlte. Den Vorwurf, feige zu sein, wollte er nicht auf sich sitzen lassen. Schließlich hatte er schon einmal den Weg durch die Zerberus-Schleuder zurück ins Schloss genommen. Warum sollte es jetzt, beim zweiten Mal, nicht klappen?
Vorsichtig setzte er seinen Fuß auf die rutschige Zunge und balancierte tiefer in den Rachen hinein.
»Am besten kitzelst du das Gaumenzäpfchen«, sagte Jonathan. »Ich hab nämlich Probleme mit meinen Schultergelenken und kann mich schlecht in die Höhe recken.«
Gehorsam streckte sich Max. Seine Hand hatte das glitschige Gaumenzäpfchen fast erreicht, als er plötzlich einen heftigen Stoß in den Rücken bekam. Er

verlor das Gleichgewicht, purzelte nach vorne und rutschte in den Schlund.

Auf seiner rasanten Fahrt in den Abgrund hörte Max, wie Jonathan hinter ihm lachte. »SO MACHT MAN DAS MIT DEN HELFERN!«

Tiefer und tiefer ging es hinunter. Farben blitzten an ihm vorbei, Rot und Violett in allen Abstufungen. Max merkte, dass er schrie. Hatte Hartriegel sie nicht davor gewarnt, dem Schlund zu nahe zu kommen?

»Ihr geratet dann in tiefere magische Schichten …«

O Gott, was hieß das? Welche Gefahren warteten da auf ihn? Und würde er da je wieder herauskommen? Max war nahe daran, vor Angst ohnmächtig zu werden, als er unerwartet mit einem Plumps auf seinem Hinterteil landete.

Sophie entdeckte, dass Max seine Tüte mit den Gummistiefeln im Pavillon hatte stehen lassen. Sie beschloss, sich auf eigene Faust auf die Suche nach dem Steinerweicher zu machen. Hartriegel hatte ihn sicher irgendwo in der Nähe untergebracht.
Sie nahm ihr Gepäck und verließ den Pavillon. Die Wutschnauber und Giftspritzer hingen lustlos am Käfiggitter und veranstalteten längst nicht so ein lautes Getöse wie sonst.
Sophie fand, dass sie hungrig aussahen. Die kleinen Geister verfolgten gespannt jede ihrer Bewegungen. Als sie vorbeiging, wirkten sie richtig enttäuscht.
Sophie hatte das Gefühl, sich entschuldigen zu müssen. »Ich weiß ja nicht, womit euch Hartriegel füttert«, sagte sie. »Sicher kommt er gleich und bringt euch etwas.« Verstanden die Plagegeister, was sie sagte? Sophie war sich nicht sicher. Da entdeckte sie, wie Hartriegel auf sie zukam. Voller Erleichterung rannte sie ihm entgegen.
»Wie gut, dass Sie endlich kommen!«, stieß sie aus. »Wir haben Sie schon gesucht. Max ist mit dem fremden Mann weggegangen … Stellen Sie sich vor, der wollte eben einfach die kleine Nixe fangen! Fast hätte er sie gekriegt!« Sie musste ihrer Empörung Luft machen.
»So«, sagte Hartriegel langsam. »Das war … nicht nett von ihm …«

Sophie stutzte. Hartriegel kam ihr anders vor als sonst. Er sah zwar aus wie immer, aber das feine Lächeln fehlte. Auch der Ausdruck seiner Augen war fremd ... Dann entdeckte Sophie, dass seine grünen Gärtnerhosen unten am linken Bein kariert waren. Und Hartriegel trug einen schwarzen und einen braunen Schuh!

»Da stimmt was nicht ...«, stammelte Sophie und wich einen Schritt zurück. »Sie sind nicht Herr Hartriegel!«

»Richtig, du kleine Kröte«, sagte Hartriegel, und sein Gesicht verzerrte sich vor Wut. »Du bist äußerst lästig, weißt du das? So neugierige Gören wie du dürfen nicht frei herumlaufen. Die gehören eingesperrt. Hörst du? EINGESPERRT!!!«

Sophie erstarrte und riss vor Schreck Augen und Mund auf. Hartriegel zog aus seiner Hosentasche ein paar vergilbte Seiten, die er hastig überflog. Im Nu hatte er gefunden, was er gesucht hatte. Beschwörend streckte er die Hand aus.

»Mauert ein
Stein für Stein
ihr Gebein ...«

»NEIN!«, schrie Sophie voller Angst, denn kaum hatte er diese Worte gesprochen, kamen von überall her Steine auf sie zugeflogen. Sophie duckte sich, um von dem Steinregen nicht getroffen zu werden, aber die Steine fielen nur ringsum auf den Boden. Dort bildeten sie in Windeseile erst einen Ring und dann eine Mauer, die höher und höher wuchs.

Ungläubig beobachtete Sophie, wie die Mauer erst Kniehöhe erreichte, dann hüfthoch wurde und schließlich ihren Kopf überragte. Dort verengte sie sich und fing an, ein Dach zu bilden.

»Ich will nicht eingemauert werden«, schrie Sophie und trommelte gegen die Steinwand. Ohne Erfolg, denn die Mauer war so stabil, als sei sie aus Beton und nicht aus vielen losen, übereinander geschichteten Steinen errichtet. Es wurde immer dunkler um Sophie herum. »ICH WILL RAUS!«

»Ja, am Sankt-Nimmerleins-Tag«, ertönte von draußen die Antwort des falschen Hartriegel. Sophie hörte, wie er schadenfroh lachte.

Das magische Gefängnis hatte sein Dach geschlossen – bis auf ein kleines Loch oben in der Mitte.

Sophie schielte hinauf, dann schlug sie verzweifelt die Hände vors Gesicht und heulte.

Gespenster als Helfer in der Not

Max sah sich um und versuchte, sich von seinem Schrecken zu erholen. Er war weich gelandet. Fast hatte er den Eindruck, er befände sich auf einer Sandbank oder an einem Strand. Vor ihm schwappte ein glitzernder, dunkler See.

Max starrte auf das Wasser. Unwillkürlich musste er schlucken. Erst war er in einem Maul gewesen und dann einen Schlund hinabgerutscht. Wenn er in Bio richtig aufgepasst hatte, musste er sich jetzt im Magen befinden. Er bemühte sich, nicht an das Wort MAGENSAFT zu denken.

Einen Himmel mit Sonne, Mond und Sternen gab es hier nicht, sondern nur Finsternis mit ein paar bunten Lichtern, die aufblitzten und wieder erloschen – eine Art stummes Feuerwerk. Ab und zu zischte eine regenbogenfarbene Sternschnuppe über ihn hinweg.

Waren das chemische Entladungen? Oder nur magische Leuchtfeuer? Max stöhnte.

Er erinnerte sich daran, was Hartriegel gesagt hatte, als er ihnen die Zerberus-Schleuder erklärt hatte: dass man nicht verzweifeln sollte, falls man einmal in den Schlund hinabgerutscht und in den tieferen magischen Schichten gelandet war. Man konnte wieder herausgeholt werden. Allerdings musste Hartriegel dazu den *Geheimen Rat der Zwölf* verständigen …

»Aber vorher muss Hartriegel wissen, dass ich überhaupt hier bin«, murmelte Max verzweifelt. Wie konnte er ihm eine Nachricht zukommen lassen? Und was war mit Sophie? Die würde sich bestimmt Sorgen machen, wenn er so lange wegblieb!

Ratlos stützte Max den Kopf in die Hand. Was sollte er bloß tun?

Da erinnerte er sich plötzlich an die Zahnpastatube und den Lampengeist. Steckte die Tube noch in seiner Anoraktasche? Ja – da war sie!

Vielleicht konnte der Geist ihm helfen – oder ihn vernichten. Das Risiko musste er eingehen. Mit zitternden Fingern schraubte Max die Tube auf.

»Geist, komm raus!« Seine Stimme klang heiser vor Aufregung.

Aus der Tube stieg ein Rauchfaden auf, der stärker und größer wurde, bis er sich zu einer Gestalt mit Turban und Pluderhosen verdichtet hatte.

Der Geist fiel vor Max auf die Knie. »Ich bin Salabim, dein gehorsamer Diener.«

Max war verunsichert. Er war es nicht gewohnt, dass jemand so demütig vor ihm kniete. Ob das vielleicht ein Trick war?

»Du wirst mir nicht den Hals umdrehen?«, fragte Max misstrauisch.
»Nur, wenn du es befiehlst. Aber das wäre schade.« Salabim sah zu ihm auf, und Max blickte in ein rundes, gutmütiges Gesicht. Offenbar meinte der Geist es ehrlich.

»Steh auf«, befahl Max. »Kannst du uns hier rausbringen?«
Der Geist erhob sich und schaute sich um. »Du hast recht, junger Herr, hier ist es nicht besonders gemütlich. Wo sind wir denn?«
»Höchstwahrscheinlich in Zerberus' Magen.«
»O weh! Wie konnte das passieren?«
»Ich bin geschubst worden«, erzählte Max. »Der Kerl, der den Schlosspark erbt, ist ein ganz fieser Typ. Der hat mich absichtlich gestoßen.«

»O weh!«, wiederholte der Geist. Er legte den Kopf in den Nacken und blickte nach oben. »Es geht weit hinauf, junger Herr. Ich kann das Ende gar nicht sehen.«

Max nickte. »Ich bin auch eine ganze Weile in die Tiefe gerutscht. Meinst du, wir können es schaffen?«

»Wir wollen es versuchen.« Der Geist nahm seinen Turban ab, rollte ihn auseinander und breitete das Tuch auf dem Boden aus. »Bitte Platz zu nehmen, Herr.«

»Wie?« Max stutzte. »Ich soll mich da draufsetzen? Warum?«

»Ich weiß, Herr, es ist ein bisschen eng, aber einen fliegenden Teppich kann ich leider nicht anbieten«, antwortete Salabim mit einer unterwürfigen Verbeugung.

»Du meinst ... dieses Ding hier ... fliegt?«, stammelte Max.

»Aber sicher!«

Max hockte sich zögernd auf das Tuch. Der Geist nahm neben ihm Platz, streckte die Arme in die Höhe und begann leise Beschwörungen zu murmeln.

Max packte ihn am Arm. »Halt, stopp, einen Moment noch. Ich weiß nicht, ob ich schwindelfrei bin.«

»Dann mach einfach die Augen zu.« Salabim streckte erneut seine Arme von sich und sagte:

»Besieg die Schwerkraft, siege!
Flieg, mein Turban, fliege!
Meist trag ich dich,
jetzt trägst du mich!
Ich bitte dich:
Schwebe, schwebe sacht
und hab auf deine Gäste Acht!«

Nichts geschah. Das Tuch rührte sich nicht vom Fleck. »Mist«, sagte Salabim. »Es geht nicht. Normalerweise hebt der Turban bei *sacht* ab.«

»Vielleicht bin ich zu schwer«, warf Max ein.
»Glaub ich nicht. Ich bin sogar schon mit einem Elefanten geflogen.«
»Ehrlich?« Max blickte Salabim ungläubig an.
»Na ja, es war ein kleiner Elefant. Er hieß Pick-Nick und war der Lieblingselefant meiner Tochter. Ich hab ihn ihr zum Geburtstag geschenkt.«
»Du hast eine Tochter?«, wunderte sich Max.
»Denkst du, Lampengeister haben keine Familie?«, fragte Salabim. »Natürlich hab ich eine Tochter: Liliette, die Schöne. Sie war das hübscheste Mädchen weit und breit, bis ein böser Dschinn sie in einen Kaktus verwandelt hat.«
»Oh«, sagte Max betroffen. »Das tut mir sehr leid.«
Salabim wischte sich verstohlen eine Träne aus dem Augenwinkel. »Eines Tages werde ich diesen Kaktus finden, das weiß ich ganz sicher. – So, aber jetzt lass uns überlegen, wie wir rauskommen. Mit dem Turban geht es nicht, wahrscheinlich ist die Luft hier voller Magie, und mein Tuch ist nicht stark genug.«
»Kannst du keine Leiter oder so was herbeizaubern?«, schlug Max vor.
Einerseits war er erleichtert, dass er nicht fliegen musste, andererseits wünschte er sich nichts sehnlicher, als diesen unheimlichen Ort zu verlassen.
»Ich bin nicht besonders gut im Zaubern, junger Herr«, gestand Salabim kleinlaut. »Es ist mir pein-

lich, das nach so langer Zeit zu erzählen, aber ich war der Schlechteste in der Zauberklasse, weil ich zu faul war, Zaubersprüche zu lernen. Außerdem habe ich immer vier von fünf Unterrichtstagen geschwänzt. Ich kann aber ganz ausgezeichnet für das Wohlbefinden meines jeweiligen Herrn sorgen. Zum Beispiel könnte ich veranlassen, dass es hier augenblicklich nach Zitrone duftet oder dass du in einen erquickenden Schlaf sinkst und die schönsten Träume hast … Und wenn ich die richtigen Zutaten habe, dann bin ich auch ein hervorragender Koch.«

Er kann nicht zaubern, dachte Max verzweifelt. Seine Enttäuschung war riesengroß. »Und warum sagst du das dann mit den drei Wünschen?«

»Es gibt doch auch Wünsche, bei denen man nicht viel zaubern muss«, antwortete Salabim. »Es könnte doch sein, dass du dir Zitronenduft wünschst oder ein Nickerchen –«

»NEIN!«, schrie Max. »Ich will keinen ZITRONENDUFT, ich will hier raus, KAPIERT?«

»Ja«, sagte Salabim. »Du brauchst nicht zu schreien, ich verstehe dich, wenn du normal mit mir redest.«

Im See blubberte es. Täuschte sich Max oder kam das Wasser tatsächlich näher? Was würde passieren, wenn es das ganze Ufer überschwemmte?

Angenommen, es handelte sich tatsächlich um Magensaft … Würden sie etwa VERDAUT werden?

»O mein Gott«, sagte Max ängstlich. »Lass dir bloß was einfallen, und zwar möglichst rasch!«

»Ist das dein Wunsch?«

»Ja.«

»Hm ...« Salabim rollte seinen Turban wieder zusammen und setzte ihn auf. Dann legte er den Finger an die Nase. Kurze Zeit später rief er: »Ich hab's!«

»Schieß los«, sagte Max müde.

»Kannst du dich in Rauch auflösen?«

»Natürlich nicht.«

»Schade, dann geht es auch nicht«, murmelte Salabim und schwieg.

»Was wäre denn gegangen?«, fragte Max nach.

»Wir hätten uns gemeinsam in Rauch verwandeln und aufsteigen können«, sagte Salabim. »Ganz ohne Leiter oder fliegenden Turban.«

Jetzt kam Max plötzlich die Erleuchtung. »Das kannst du doch tun! Du verwandelst dich in Rauch und holst Hilfe.« Er sprudelte richtig vor Aufregung. »Du musst Hartriegel Bescheid sagen, wo ich bin. Ja, und du musst auch Sophie benachrichtigen.« Er überlegte kurz, dann fügte er hinzu: »Aber sag ihr auch, dass sie sich um mich keine Sorgen machen soll.« Er warf einen Blick auf den See, der wieder ein Stück näher gekommen war. »Mir geht's gut. Noch.«

Salabim schüttelte den Kopf. »Der Plan könnte zwar funktionieren, aber es geht nicht, junger Herr.«

»Warum nicht?«

»Jetzt, wo ich endlich einen Herrn gefunden habe, soll ich ihn einfach im Stich lassen?« Salabim war entrüstet. »Ausgeschlossen!«

Max holte tief Luft. »UND WENN ICH DIR BEFEHLE, HILFE ZU HOLEN?«

Der Geist seufzte gequält. »Schon gut, ich mach's ja. Du musst nicht immer gleich so streng werden. – Ciao, bis bald.« Er seufzte noch einmal, dann löste er sich in Rauch auf und entwich nach oben.

Max blickte ihm nach, bis nichts mehr von Salabim zu sehen war. Dann hockte er sich wieder auf den Boden.

»Hoffentlich beeilt er sich«, murmelte er und starrte auf den unheimlichen See.

Salabim mochte die Zerberus-Schleuder nicht. Schließlich sollte das magische Tor dafür sorgen, dass keine Geister aus dem Gespensterpark in die Menschenwelt entwischten. Gespenster konnten also normalerweise nicht durch die Zerberus-Schleuder gehen – zumindest nicht ohne einen menschlichen Begleiter. Wenn trotzdem ein Geist auf diesem Weg zu fliehen versuchte, dann schloss sich das riesige Maul, die Zähne fingen an zu malmen, und das arme Gespenst wurde tüchtig durchgeschüttelt, damit ihm Hören und Sehen und alle Fluchtgedanken vergingen.

Nach einer Weile öffnete sich dann das riesige Maul wieder, und der Geist konnte ins Freie – aber nur in den Gespensterpark …

Salabim stieg als Rauchfahne den Schlund hinauf. Es war ein langer Weg, wie durch einen Kamin.

»Nimmt das denn überhaupt kein Ende?«, brummte Salabim. Endlich schimmerte schräg über ihm Licht. Er flutschte am Gaumenzäpfchen vorbei und nahm wieder Gestalt an. Gerade als er bemerkt hatte, dass er sich bereits in dem großen Maul befand – links und rechts ragten gewaltige Zähne hervor –, klappte das Hundemaul zu, und es wurde ringsum stockfinster.

Der Untergrund begann zu beben. Salabim verlor das Gleichgewicht, er fiel bäuchlings auf die Zunge und rollte hin und her, bis es ihm gelang, sich an einem der riesigen Zähne festzuhalten.

»ABHAUEN GILT NICHT!«, dröhnte eine dunkle Gedankenstimme in seinem Kopf.

Zerberus hatte zu ihm gesprochen!

»Ich will ja gar nicht abhauen«, rief Salabim verzweifelt, während er durchgeschüttelt wurde.

»DAS SAGEN ALLE!«

»Aber es stimmt, wirklich«, beteuerte der Geist. »Ich will meinen Herrn retten … Lass mich frei!«

»ERST, WENN ICH DIR EINE LEHRE ERTEILT HABE!«

Und das Schütteln wurde noch schlimmer.

»O nein, nein, nein!«, klagte Salabim. »Warum tust du das? Ich bin doch nur ein anständiger Lampengeist, der seinem Herrn treu dient …«
Endlich klappte das Maul auf.
Salabim kroch auf allen vieren ins Freie. Ihm war so schwindelig, dass er nicht wagte, aufrecht zu gehen. Und übel war ihm auch.
»Womit habe ich das nur verdient?«, jammerte er. »Ach, wie schön war es doch damals in der Puderdose!«
Er atmete tief ein und aus. Langsam ging es ihm besser. Die frische Luft tat gut. Endlich konnte er aufstehen. Sofort erinnerte er sich an seinen Auftrag. Max hatte ihm befohlen, Hartriegel und Sophie zu benachrichtigen. Wo die beiden wohl steckten? Salabim beschloss, sich wieder in Rauch zu verwandeln. Als Wolke in der Luft würde er den besten Überblick haben …
Sophie war schon fast heiser, weil sie so viel gebrüllt hatte. Aber niemand hatte auf ihre Hilferufe geantwortet. Hartriegel war nicht gekommen und Max auch nicht.
Mutlos hockte Sophie in ihrem steinernen Gefängnis. Wie sollte sie hier nur jemals wieder herauskommen? Sie hatte alle Wände nach einer möglichen Schwachstelle abgeklopft. Sie hatte versucht, zu der kleinen Öffnung in der Decke hochzusteigen und hatte sich

bloß die Knie blutig geschlagen. Sie hatte überlegt, ob sie aus den vielen alten Socken vielleicht ein Seil zusammenknoten konnte, aber auch dieser Versuch war misslungen.

»O Mann«, stöhnte sie. »Hier komme ich nie raus! Wahrscheinlich muss ich verhungern und verdursten …«

Wieder liefen ihr die Tränen über die Wangen. Sie wischte sie weg. Sie hatte schon so viel geweint, und die ganze Heulerei nutzte ja auch nichts. Genauso wenig wie das Rufen.

Ein letztes Mal wollte sie es versuchen.
Sie formte ihre Hände zu einem Trichter und holte tief Luft.
»HILFE!«, schrie sie aus Leibeskräften. »MAX, WO BIST DU? HÖRT MICH DENN KEINER?«

Doch diesmal hörte sie einer: Salabim, der noch immer als kleine Wolke über dem Gespensterpark schwebte. Er hatte Hartriegel nirgends entdecken können. Nur ein Fremder ging im Gespensterpark umher. Salabim beschloss, ihn um Hilfe zu bitten,

und ließ sich langsam hinabsinken. Gerade als er sich zu seiner Geistergestalt formte, nahm er den Geruch des Fremden wahr.
Salabim hatte eine sehr empfindliche Nase. Auf die konnte er sich absolut verlassen. Er roch es, wenn jemand Böses im Schilde führte.
UND ES STANK! Es stank so, dass sich Salabim die Nase zuhielt und schnell wieder zu einer Rauchwolke wurde. Mit dem Kerl wollte er nichts zu tun haben! Das war ganz bestimmt kein Gespensterfreund!
Der Fremde blickte hoch, als er über sich ein Niesen hörte. Doch in der Luft schwebte nur eine kleine, harmlose Wolke. Der Fremde zuckte mit den Achseln und ging weiter.
Die Wolke segelte hurtig in entgegengesetzter Richtung davon.
Hui!, dachte Salabim. Das war sicher der Kerl, der Max geschubst hat. Vor dem werde ich mich hüten! Der führt nichts Gutes im Schilde!
Er erinnerte sich an den Dschinn, der seine Tochter in einen Kaktus verwandelt hatte. Der hatte genauso übel gerochen!
Halt! Was war das?
Hatte da nicht jemand gerufen?
Salabim schaute suchend nach unten. Er entdeckte ein Gebäude, das aussah wie ein großes Ei aus lauter Steinen.

»HÖRT MICH DENN KEINER?«
Eine Mädchenstimme! Das musste Sophie sein. Die Wolke senkte sich über das steinerne Ei. Salabim entdeckte die Öffnung in der Decke, verwandelte sich in einen Rauchfaden und schlüpfte ins Innere.

Sophie wich erschrocken zurück, als Salabim plötzlich Gestalt vor ihr annahm.
»Wwwwer bist dddu?«
»Ich bin Salabim«, antwortete der Geist mit einer höflichen Verbeugung. »Keine Angst. Ich soll dir Grüße von meinem Herrn ausrichten, und du sollst dir keine Sorgen machen, es geht ihm gut …«
Sophie schluckte. Sie erinnerte sich an das, was ihr Max am Vormittag erzählt hatte. »Bist du vielleicht der Geist aus der Tube?«
»Ganz recht«, sagte Salabim. »Aber die Tube war nur vorübergehend mein Zuhause. Normalerweise ziehe ich Lampen vor.«

»Was ist mit Max?«, platzte Sophie heraus, die mit ihren Nerven völlig am Ende war und keine langen Erklärungen wollte. »Er soll mich hier rausholen, und zwar schnell!« Sie schluchzte auf.

»Das geht leider nicht«, sagte Salabim bedauernd.

»Warum nicht?«

»Weil Max selber darauf wartet, herausgeholt zu werden.«

»O Gott.« Sophie starrte den Geist an. »Was ist mit ihm passiert?«

Salabim erzählte alles, was er wusste.

Sophie nagte an ihrer Lippe. Das hörte sich ja furchtbar an!

»Hartriegel muss helfen«, sagte sie. »Er muss den *Geheimen Rat der Zwölf* verständigen, und zwar schnell.«

»Leider hab ich Hartriegel nirgendwo finden können«, sagte Salabim. »Ich hab nur den *Anderen* gesehen.« Er hielt sich die Nase zu, um Sophie zu zeigen, wie sehr er den Kerl verabscheute. »Er stinkt ganz furchtbar!«

»Stinkt?«, fragte Sophie.

»Ja«, beteuerte Salabim. »Und das bedeutet, dass er nichts Gutes im Schilde führt.«

»Das wundert mich nicht«, sagte Sophie dumpf. »Er hat Max in die tieferen magischen Schichten geschubst und mich hier eingemauert. Ich bin sicher, dass er es war!«

»Hm.« Salabim legte den Finger an die Nase, wie immer, wenn er angestrengt nachdachte. »Könnte es sein, dass er auch Hartriegel aus dem Weg geschafft hat?«

»Bestimmt«, sagte Sophie voller Überzeugung. »Dann muss ich eben den *Geheimen Rat der Zwölf* verständigen. In Hartriegels Büro finde ich die Adresse bestimmt. Los, bring mich hier raus.«

»Oh«, Salabim wurde verlegen, »liebend gerne, aber das kann ich nicht.«

»Das kannst du nicht?«, fragte Sophie verblüfft. »Warum zauberst du nicht einfach die Wand weg? Lampengeister können doch normalerweise jeden Wunsch erfüllen, oder?«

»Nicht alle«, gestand Salabim kleinlaut.

»Oh.«

»Ich weiß, jetzt bist du schrecklich enttäuscht«, sagte der Geist zerknirscht. »Es tut mir wirklich leid. Wenn ich gewusst hätte, dass ich mich mal so blamiere, dann wäre ich in der Schule fleißiger gewesen und hätte all meine Hausaufgaben gemacht, ich hätte keinen einzigen Tag geschwänzt und –«

»Ach, halt die Klappe«, sagte Sophie genervt. »Ich muss nachdenken. Irgendwie muss mir eine Lösung einfallen.«

Salabim hockte sich still neben sie.

»Denkst du noch nach?«, fragte er nach einer Weile.

»Ja-aa.«
Der Geist spielte mit seinen Fingern und zählte zweimal bis zehn.
»Dauert es noch lange?«, fragte er dann.
»JAAA!«
»Ich meine nur, weil Max doch wartet ...«
Da warf Sophie die Tüte mit den alten Socken nach ihm. Gleich darauf tat es ihr schon leid. »Entschuldige. Aber wenn du dauernd quatschst, fällt mir erst recht nichts ein.«
Salabim war nicht beleidigt. Neugierig steckte er seine Nase in die Tüte.
»Wozu ist das?«
»Ach – das sind nur alte Socken. Futter für Huhu ...«
Sophie stockte. Der Steinerweicher!

Blitzschnell entstand in ihrem Kopf ein Plan. Salabim musste den Steinerweicher aus seinem Käfig befreien und herbringen. Wenn Huhu erfuhr, was mit Max und Sophie geschehen war, würde er sicher bitterlich weinen – und seine Tränen konnten von draußen ein Loch in Sophies Gefängnis ätzen …

Das war die Lösung!

Sophie sprang auf. »Du wirst es nicht glauben, Salabim, aber es geht auch ganz ohne Zauber …«

Der Geist hörte sich ihren Plan an und grinste breit.

»Du bist fast so schlau wie meine Tochter … und die war das klügste Mädchen unter der Sonne!«

»Keine Schmeicheleien, Herr Lampengeist. Los, spute dich!«

Und Salabim beeilte sich wirklich. Er befreite den Steinerweicher aus seinem Käfig und trug ihn zu dem steinernen Ei – immer darauf bedacht, dem Fremden nicht zu begegnen. Huhu heulte und heulte, seine Tränen flossen in Strömen und fraßen im Nu ein Tor in die Mauer. Sophie war nach wenigen Minuten frei. Sie umarmte und küsste den Steinerweicher, der sich gleich über die alten Socken hermachte.

»Zu trocken!«, beschwerte er sich sofort und spuckte enttäuscht ein Stück Socke aus. »Huhu will Mayonnaise!«

»Die kriegst du gleich im Schloss«, versprach ihm

Sophie. »In Hartriegels Büro steht jede Menge Mayonnaise, wir haben erst gestern ein paar Gläser besorgt.« Huhu strahlte, als sie ihn auf den Arm nahm. »Aber erst müssen wir zur Zerberus-Schleuder.«
Salabim verzog das Gesicht. »Du solltest etwas wissen ...«

»Ja?«
»Geister können nicht durch die Zerberus-Schleuder. Wenigstens nicht allein.« Er erzählte ihr, was dann passierte.
Sophie schluckte. »Ich werde mit Zerberus reden«, sagte sie entschlossen. »Vielleicht lässt er uns durch, wenn ich ihm erkläre, dass ihr nicht abhauen, sondern mir helfen wollt.«
Salabim zuckte die Schultern und eilte hinter ihr her.

Sophie und der Geheime Rat der Zwölf

Sophie hatte heftiges Herzklopfen, als sie vor der Zerberus-Schleuder stand. Sie fürchtete sich vor dem Riesenmaul, aber sie durfte jetzt keine Zeit verlieren. Sie musste handeln!

Nur gut, dass sie dem Erben nicht über den Weg gelaufen war. Wer weiß, welchen gemeinen Zauber er wieder über sie gelegt hätte! Sophie zweifelte keinen Augenblick mehr daran, dass sich auch Hartriegel in seiner Gewalt befand. Ganz klar, der Erbe wollte den Gespensterpark für sich allein haben. Wahrscheinlich wollte er die Geister und Gespenster benutzen, um Macht zu erlangen. Eine Gänsehaut kroch über Sophies Rücken. Sie war froh, dass Salabim und der Steinerweicher bei ihr waren.

»Hallo, Zerberus«, sagte sie laut und deutlich zu dem riesigen Hundemaul. »Ich bin Sophie, die Gespensterpflegerin. Ich muss ins Schloss, zusammen mit den beiden Geistern hier. Sie reißen nicht aus, sie stehen unter meinem Schutz. Ich brauche sie. Also lass uns durch, ja?«

Sie wartete gespannt, aber es kam keine Antwort. Hatte Zerberus sie überhaupt verstanden?

»Also – ich geh jetzt rein«, sagte sie und betrat mit weichen Knien das finstere Maul. Salabim folgte ihr. Er hatte den Kopf eingezogen und schielte misstrauisch nach oben, weil er erwartete, dass das Hundemaul jeden Moment zuklappen würde. Doch nichts geschah. Sophie balancierte über die große Zunge. Sie hatte schon fast das Gaumenzäpfchen erreicht. Plötzlich blieb sie stehen und drückte Salabim den Steinerweicher in den Arm.
»Bitte halte Huhu gut fest.«
Salabim riss erstaunt die Augen auf, als Sophie sich flach auf die Zunge legte und in Richtung Schlund robbte.
»Um Himmels willen!«, rief er ängstlich. »Pass auf! Was hast du vor?«
Sophie hörte nicht auf ihn, sondern konzentrierte sich ganz auf ihr Vorhaben. Sie robbte so weit wie möglich nach vorne. Vor ihr öffnete sich der Schlund – ein rotschwarzer unheimlicher Abgrund.
Irgendwo da unten saß Max …
Sophie formte ihre Hände zu einem Trichter und schrie in den Abgrund hinab:
»Hallo, Max? Kannst du mich hören? Ich bin's, Sophie. Ich werde versuchen, dich da rauszuholen.«
Ob Max sie gehört hatte? Sie lauschte gespannt.
»Er ist sehr weit unten«, murmelte Salabim hinter ihr.

»Schschsch«, machte Sophie, denn ihr war, als würde sie eine Antwort vernehmen. Ganz leise und ganz weit weg.
»Soooophie …«
»Max«, schrie Sophie zurück. »Hab Geduld. Ich versuch's. Halte durch.«
Dann robbte sie wieder ein Stück zurück und rappelte sich auf.
»Das war sehr mutig«, sagte Salabim anerkennend. »Ich hätte mich das nicht getraut. Zerberus hätte nur einmal mit der Zunge zucken müssen und du wärst abgerutscht …«

An diese Gefahr wollte Sophie gar nicht erinnert werden. Sie streckte sich und kitzelte das Gaumenzäpfchen.
Zerberus fing an zu husten …

… und schon saßen die drei in der Eingangshalle im Schloss, inmitten des Drudenfußes. Sophie war einen kurzen Moment ganz benommen. Sie hörte, wie Salabim bewundernd sagte:
»Oh, was für eine schöne Lampe – ein Traum von einer Wohnung!«
Sophie blinzelte und erblickte über sich den riesigen Kronleuchter, dessen unzählige Kristallplättchen funkelten und glitzerten. Salabim war ganz entzückt von ihnen und schien alles andere um sich herum vergessen zu haben.
»Komm, krieg dich wieder ein«, sagte Sophie und stieß ihn in die Rippen. »Wir müssen in Hartriegels Büro.« Sie stand auf und nahm Huhu auf den Arm. Der Steinerweicher hatte mit großen Augen alles über sich ergehen lassen. Zum Glück weinte er nicht, sondern schaute sich nur neugierig um.
Sophie schlug schnurstracks den Weg zum Büro ein. Niemand war dort, aber Sophie hatte es nicht anders erwartet. Hartriegel wurde bestimmt irgendwo gefangen gehalten!
Sie setzte Huhu auf den Schreibtisch und ging um den

Tisch herum, bis sie vor Hartriegels Computer und dem Telefon stand.

Als sie sich vorhin vorgenommen hatte, den *Geheimen Rat der Zwölf* zu verständigen, war ihr alles so einfach erschienen. Doch jetzt wusste sie nicht weiter. Wie benachrichtigte man diesen magischen Rat? Einfach mit dem normalen Telefon anrufen? Dazu brauchte sie wenigstens eine Telefonnummer.

Sie zog eine Schreibtischschublade nach der anderen auf in der Hoffnung, ein persönliches Telefonbuch oder einen Notizkalender zu finden, in dem Hartriegel alle wichtigen Adressen und Rufnummern notiert hatte.

Doch sie fand nur zwei Päckchen Papiertaschentücher, eine Nagelschere, einen steinharten Radiergummi, zwei Sonnenbrillen und eine Blechschachtel mit Ohrenstöpseln. Die anderen Schubladen waren auch nicht ergiebiger: ein Päckchen Sonnenblumenkerne, ein Textmarker, ein Flaschenöffner, zwei Schlüssel, ein Staubtuch und eine Tüte Hustenbonbons. Enttäuscht schob Sophie die Schubladen wieder zu. Falls Hartriegel ein Notizbuch besaß, dann trug er es bestimmt bei sich. Sie hätte heulen können! Wie kam sie nur an die Telefonnummer ran?

Unterdessen sah sich Salabim im Büro um. Er zog verschiedene Bücher aus den Regalen, blickte hinein und stellte sie wieder zurück. Sophie zermarterte sich

den Kopf. Sie starrte auf das Telefon, als könnte sie es durch ihren Blick beschwören. Der Zufall könnte ihr doch zu Hilfe kommen! Gerade jetzt könnte einer vom *Geheimen Rat* anrufen, um sich bei Hartriegel nach dem Stand der Dinge zu erkundigen …
»Oh«, sagte Salabim in diesem Moment. »Ich glaube, ich brauche eine Brille …«
»Mach mich nicht wahnsinnig«, fauchte Sophie. Salabims Geschnüffel störte sie ohnehin beim Nachdenken.
»Aber guck doch selbst … dieses Buch … es hat ganz komische Buchstaben …«
Er legte einen dicken Lederband neben Huhu auf den Schreibtisch. Der Steinerweicher machte einen langen Hals.
Sophie vermutete, dass das Buch in einer fremden Sprache geschrieben sei, und warf nur einen flüchtigen Blick darauf. Dann stutzte sie. Salabim hatte recht. Das Buch war merkwürdig! Und wie! Die Buchstaben bewegten sich nämlich. Sie blieben nie auf einer Stelle, sondern veränderten sich ständig. Hatte Sophie eben noch »Eisblume« gelesen, wurde das Wort plötzlich zu »Leisebum« und dann zu »Simbeule«. Ihr wurde ganz schwindelig von diesem Buchstabentanz.
»Was ist denn das für ein Buch?« Sophie schlug es vorne auf.

GEFENSTERSPRÜHER – GELERN UND PIPST stand auf dem Titelblatt. Sophie blinzelte und las die Worte noch einmal. GESPÜHRERFENSTER – NELGER UND STIPP. Sie blinzelte wieder. GESPENSTERFÜHRER – REGELN UND TIPPS.

»So ein Buch hab ich noch nie gesehen«, sagte Sophie verwundert und fing an zu blättern. Da fiel zwischen den Seiten ein Zettel heraus. Mit Bleistift war darauf notiert:

TAR: 37 75 43 00 80

Sophie schrie freudig auf. »Ich hab's. TAR – das kann nur RAT bedeuten.« Aufgeregt griff sie nach dem Telefon und wählte die notierte Nummer.

Sie lauschte. Es knackte ein paar Mal im Hörer, danach sagte eine Frauenstimme: »Kein Anschluss unter dieser Nummer ...«

»Mist.« Sophie legte auf und überlegte. Natürlich! Sie musste die Nummer von hinten lesen. Wieder griff sie zum Telefon und wählte noch einmal.

Diesmal läutete es am anderen Ende. Nach einer Weile wurde abgehoben.

»Ja?«, sagte eine Männerstimme.

»Ist dort der GRZ?«, stammelte Sophie.

Sie erwartete, dass der Mann sagen würde: »Da hast du dich verwählt« oder »Lass die Scherze«, aber stattdessen erhielt sie die Antwort: »Ja, richtig, hier ist die Zentrale.«

»Ich … äh …« Sophie wusste nicht genau, wie sie anfangen sollte. »Ich bin Sophie Steiger. Seit kurzem bin ich … äh … Gespensterpflegerin.« Wie ungewohnt das Wort noch klang! »Zusammen mit Max. Max Hoppe. Herr Hartriegel hat uns eingestellt. Aber dem ist jetzt was passiert. Und Max ist auch was passiert. Er sitzt nämlich fest … in der Zerberus-Schleuder …«

»Ist er hinten runtergefallen?«, fragte der Mann, als rede er von der natürlichsten Sache der Welt.

Sophie nickte heftig. Dann fiel ihr ein, dass der Mann das ja gar nicht sehen konnte. »Ja«, sagte sie schnell. »Aber er ist geschubst worden. Von diesem Kerl … der den Schlosspark geerbt hat … Der ist total fies und hat mich eingemauert. Der Steinerweicher und Salabim haben mich da rausgeholt …«

»Mal langsam, kleines Fräulein«, sagte der Mann am anderen Ende. »Willst du damit sagen, dass im Gespensterpark zurzeit alles drunter und drüber geht?«

»Genau.« Sophie war sehr erleichtert, dass sie ernst genommen wurde.

»Dann werde ich eine Katastrophen-Konferenz einberufen«, sagte der Mann.

»Machen Sie schnell«, bettelte Sophie. »Und retten Sie Max, bitte!«

»Hör zu«, sagte der Mann am anderen Ende der Leitung. »Du gehst jetzt sofort in den Konferenzsaal. Der ist im zweiten Stock. Die große Treppe hinauf und dann durch die breite Flügeltür. Den Saal kannst du gar nicht verfehlen. Dort erwarten wir dich.«

Bevor Sophie noch eine Frage stellen konnte, hatte er aufgelegt.

»Ich soll in den Konferenzsaal«, sagte Sophie und legte den Hörer auf. Jetzt erst merkte sie, dass sie am ganzen Leib zitterte. Sie telefonierte eben nicht jeden Tag mit dem *Geheimen Rat der Zwölf*!

»Sollen wir mitkommen?«, fragte Salabim.

»Na klar«, antwortete Sophie. »Ihr beide seid doch meine Freunde. Und ich fühl mich besser, wenn ich nicht ganz allein vor dem Rat stehe …«

Sie war total aufgeregt. Salabim merkte es und klopfte ihr beruhigend auf die Schulter.

»Wird schon gut gehen.«
»Ich hoffe nur, dass sie Max bald rausholen«, murmelte Sophie. Sie nahm Huhu auf den Arm und machte sich auf die Suche nach dem Konferenzsaal.

Der Saal war riesig. Es war noch niemand da, als Sophie ihn betrat. Neugierig schaute sie sich um. An den Wänden ringsum standen lauter halbhohe Säulen. Sophie zählte zwölf Stück. Auf jeder Säule thronte ein Marmorkopf – sieben Männer und fünf Frauen.
»Wir sind die Ersten«, sagte Sophie. Ihre Stimme hallte in dem großen Saal. »Hoffentlich müssen wir nicht zu lange warten.«
»O nein«, sagte da plötzlich eine Frauenstimme neben ihr. »Wir sind ja schon da.«
Sophie wirbelte herum. Eine der weiblichen Marmorbüsten war zum Leben erwacht. Sie sah nicht mehr aus wie weißer Stein, sondern wie ein menschlicher Kopf. Das Haar schimmerte rötlich, die Gesichtshaut war rosig, Augen und Lippen wirkten stark geschminkt. Sophie fühlte, wie der Blick der Magierin auf ihr ruhte, und der rote Mund lächelte ihr freundlich zu.
»Ich bin Albrun, Spezialistin für Elfen und Naturgeister. Wie ich sehe, hast du einen Steinerweicher bei dir. Ein sehr empfindliches Geschöpf. Gehst du auch sorgsam mit ihm um?«

»Natürlich«, sagte Sophie und kraulte Huhu zwischen den Ohren.

Zur Linken wurde ein Männerkopf lebendig. Er trug einen langen Bart.

»Ich bin Kaan und zurzeit der Vorsitzende des *Geheimen Rats*. Wir haben eben miteinander telefoniert.«

»Oh, hallo«, sagte Sophie. Sie sah sich verwirrt um. »Kommen denn keine richtigen Leute? Äh ... ich meine ... hier sind ja nur lauter Köpfe ...«

»Liebe Sophie, wir Magier und Magierinnen sind in alle Windrichtungen verstreut«, erklärte Kaan. »Eine persönliche Anreise würde viel zu lange dauern. Wir halten die meisten Konferenzen auf diese Weise ab.«

Sophie schluckte. »Ach so.«

Elf der zwölf Marmorbüsten waren inzwischen lebendig geworden. Ein Männerkopf blieb weiß.

»Typisch, Hjalmar, immer der Letzte«, beschwerte sich eine Frau. »Er kommt jedes Mal zu spät.«

»Lasst uns ohne ihn anfangen«, meinte Albrun. »Es ist dringend, nicht wahr, Sophie?«
Sophie nickte.
»Am besten erzählst du noch einmal, was passiert ist«, forderte Kaan sie auf. »Von Anfang an.«
Sophie begann. Zuerst zitterte ihre Stimme ein wenig. Sie hatte noch nie allein vor so vielen Erwachsenen reden müssen, noch dazu vor lauter Magiern und Magierinnen. Sie erwähnte kurz, wie sie und Max den Job bekommen hatten. Dann berichtete sie von Huhu und dem Brief des Erben. Zuletzt erzählte sie, wie sie heute nach Hartriegel gesucht und ihn nicht gefunden hatten, wie der Erbe aufgetaucht und was dann geschehen war. Sie vergaß auch die merkwürdige Sache mit dem Hosenbein nicht.

Die Magier fingen an zu murmeln, bis Kaan um Ruhe bat.

»Das sind ziemlich heftige Vorwürfe gegen den Erben des Gespensterparks, Sophie«, sagte er. »Du behauptest also, dieser Mann wollte dir und Max Böses zufügen. Und du glaubst auch, dass er Hartriegel irgendwo gefangen hält. Das alles klingt so, als sei Jonathan von Fleuch völlig ungeeignet, den Gespensterpark verantwortungsvoll zu führen und für alle magischen Geschöpfe gut zu sorgen.«
Sophie kam sich vor wie auf dem Prüfstand. Elf Augenpaare ruhten auf ihr.
»Kann es sein, dass sie nur eifersüchtig ist?«, fragte ein Magier. »Dass sie Angst hat, ihren Job zu verlieren?«
Sophie fühlte, wie sie rot wurde. Sicher, sie war überhaupt nicht begeistert gewesen, als sie den Brief des Erben gelesen hatte. Aber dass dieser Jonathan sie eingemauert und dass er Max in den Schlund gestoßen hatte, das hatte sie sich bestimmt nicht nur eingebildet!
Ihr fiel noch etwas ein. »Er wollte Nele fangen«, sagte sie. »Die winzige Nixe, die so scheu ist. Nöck hat ihn mit seinem Dreizack in die Hand gestochen, aber fast hätte der Erbe sie gehabt.«
Wieder begann das Gemurmel.
Jetzt mischte sich Salabim ein. Er hatte bisher noch keinen Ton gesagt, sondern während Sophies Rede immer nur bestätigend genickt. »Außerdem stinkt

er«, sagte er. »Ich kann nämlich Bosheit riechen – sogar gegen den Wind!«

Jetzt setzten heftige Rufe ein.

»Das ist eine glatte Verleumdung!«

»Sein Vater, Balthasar von Fleuch, war ein hervorragender Parkhüter.«

»So etwas ist in der ganzen Geschichte des Gespensterparks noch nicht vorgekommen!«

»Ich weiß, dass Balthasar für seinen Sohn die Hand ins Feuer gelegt hätte!«

»Die Kleine spielt sich sicher nur auf!«

»Stopp«, rief Kaan. »Ruhe! Ich bitte wirklich um Ruhe! Das bringt uns nicht weiter. Sophie, wir kommen gleich auf deine Anschuldigungen zurück. Aber zuerst lasst uns ihren Freund Max befreien. Albrun, würdest du bitte so nett sein?«

Albrun lächelte ihn an. »Aber sicher, Kaan.« Sie schloss die Augen und begann einen beschwörenden Singsang:

»Gespensterpark, Gespensterpark!
Es wird gesät und gegossen,
gepflegt und genossen
im Gespensterpark, Gespensterpark.
Die Qual hat ein Ende.
Elfhundert Sprossen
bringen die Wende

und lassen Max frei.
Ganz schnell – eins, zwei, drei!
Er dient mutig und stark
dem Gespensterpark!«

Im Saal war es ganz still geworden.
»Und was passiert jetzt?«, fragte Sophie schüchtern.
»In diesem Moment entdeckt dein Freund eine magische Strickleiter, Sophie«, antwortete Albrun. »Er wird eine Weile klettern müssen, aber er wird es sicherlich schaffen.«
Sophie holte tief Luft. »Sind es wirklich elfhundert Sprossen? So viele?«
»Na, auf eine mehr oder weniger kommt es nicht an«, entgegnete Albrun. »Es sind eintausendundneunundsiebzig, falls du es genau wissen willst.«
Wie lange würde Max wohl klettern müssen? Sophie versuchte zu rechnen, gab es aber gleich auf. Lieber nicht dran denken! Er würde es schon schaffen!
»Und nun zu dir«, sagte Kaan und wandte ihr wieder den Kopf zu. »Um herauszufinden, ob du die Wahrheit gesagt hast und ob Jonathan von Fleuch tatsächlich nicht zum Beschützer des Parks geeignet ist, gibt es nur einen Weg.« Er machte eine Pause. »Balthasar von Fleuch muss befragt werden.«
Wieder war es mucksmäuschenstill. Kaan räusperte sich.

»Wir müssen abstimmen. Ein so wichtiger Beschluss kann nur gemeinsam gefasst werden. Wer von euch ist dafür?«
Sophie beobachtete gespannt, was jetzt passierte: Fünf der zwölf Marmorsäulen färbten sich schwarz.
»Sechs Ja-Stimmen und fünf Nein-Stimmen«, sagte Kaan. »Das bedeutet, dass die Mehrheit dafür ist, Balthasar von Fleuch zu wecken und zu befragen.«
In diesem Augenblick regte sich der letzte weiße Marmorkopf, und Hjalmar erschien.
»Tut mir echt leid, Leute, aber ich hatte wahnsinnig viel zu tun«, erklärte er keuchend. »In meinem Bezirk ist eine unnatürliche Vermehrung der Kummer-Hummer gemeldet worden, ich musste mich unbedingt darum kümmern.« Er blickte sich neugierig um. »Hab ich was Wichtiges versäumt?«
»Wir stimmen gerade ab«, sagte Kaan etwas ungeduldig. »Es geht um Jonathan von Fleuch, den der-

zeitigen Erben des Gespensterparks. Dieses Mädchen ist der Meinung, dass Jonathan für seine Aufgabe völlig ungeeignet ist. Wir überlegen, ob wir Balthasar von Fleuch deswegen befragen sollen. Wie ist deine Meinung? Ja oder nein?«

Hjalmar zögerte. »Man soll die Nicht-mehr-Lebenden in Ruhe lassen, das ist meine Meinung. Nur in äußersten Notfällen –«

»Es könnte sein, dass dies ein äußerster Notfall ist, Hjalmar«, meinte Kaan.

»Nein. Glaub ich nicht«, sagte Hjalmar. »Ich bin dagegen.« Seine Säule wurde schwarz.

»Unentschieden«, stellte Kaan fest. »Sechs Ja- und sechs Nein-Stimmen.« Sein Blick heftete sich auf Sophie.

»Wie denkst du darüber? Ist es notwendig und angemessen, Balthasar von Fleuch zu befragen?«

Sophies Herz klopfte heftig. Sie schluckte. »Ich weiß nicht ... ich meine ...« Sie sah Hilfe suchend zu Salabim. Er nickte ihr aufmunternd zu. »Ich traue seinem Sohn nicht über den Weg!«

»Wirst du Balthasars Geist Rede und Antwort stehen?«, fragte Kaan ernst.

Sophie hatte einen Kloß in der Kehle. »Ja«, antwortete sie. Ihre Stimme war vor lauter Aufregung nur noch ein Flüstern. »Jedenfalls, so gut ich es kann ...«
»Gut«, sagte Kaan. »Dann gibt meine Stimme als Vorsitzender den Ausschlag. Der *Geheime Rat der Zwölf* beschließt, den toten Schlossherrn Balthasar von Fleuch zu befragen – und dieses Mädchen da, Sophie, wird alles Notwendige veranlassen.«

Der Geist des Schlossherrn

Als Sophie erfuhr, was sie tun sollte, hatte sie das Gefühl, gleich in Ohnmacht zu fallen. Sie sollte die Familiengruft der Fleuchs aufsuchen. Sobald der Geist erschien, musste sie wahrheitsgemäß all seine Fragen beantworten.

»Du wirst nichts hinzufügen und nichts weglassen«, ermahnte Kaan sie. »Und falls Balthasar von Fleuch seinen Sohn Jonathan sehen will, wirst du zusammen mit ihm in den Gespensterpark gehen.«

»Dddurch die Allee ddder Träume?«, fragte Sophie. Sie konnte nicht verhindern, dass ihre Zähne aufeinanderschlugen. Die Vorstellung, bald dem Geist des toten Schlossherrn gegenüberzustehen, bereitete ihr heftiges Bauchweh. Eigentlich hätte sie jetzt ganz dringend aufs Klo gemusst, aber sie traute sich nicht, den Saal zu verlassen, solange die Konferenz nicht zu Ende war.

»Es gibt noch mehr Tore in den Gespensterpark«, wurde sie von Kaan belehrt. »In der Gruft selbst ist ein Zugang. Den wirst du benutzen.«

Sophie nickte. Hoffentlich konnte sie sich alles merken!

Kaan warf einen Blick in die Runde. »Wer von euch will das Mädchen begleiten und die magischen Worte sprechen? – Albrun?«
Doch Albrun schüttelte den Kopf. »Ich weiß nicht, ob ich mich noch so gut an die richtige Formel erinnern kann. Und ich will nicht, dass ein Unglück geschieht.«
»Olmes? – Gudelore? – Adeodatus?«
Alle Angesprochenen lehnten ab.
»Hatim?«
Auch Hatim verneinte.
Kaan seufzte. »Dann werde ich es selbst tun müssen. Sophie, ich vertraue dir meinen Kopf an. Bist du stark genug?«
»Wie? Was?« Sophie brauchte eine Weile, bis sie begriffen hatte, dass sie Kaans Kopf von der Säule heben und mitnehmen sollte. Sie wurde sehr blass.
»Wenn du damit Probleme hast – ich kann mich auch vorübergehend wieder in den Marmorkopf verwandeln«, sagte Kaan. »Allerdings ist so ein Marmorkopf sehr schwer. Ich weiß nicht, ob du den tragen kannst.«
Sophie gab Huhu an Salabim ab und trat auf die Säule zu. Es gruselte sie entsetzlich, als sie Kaans Kopf herabnahm. Er zwinkerte ihr aufmunternd zu.
»Na, siehst du. Es geht doch, oder? Nur eine Sache der Gewohnheit.«

Obwohl Kaan so freundlich war, fühlte sich Sophie mit dem sprechenden Kopf unter dem Arm schrecklich unbehaglich. Er war so schwer wie ein Kürbis.

»Und was passiert, wenn ich Sie versehentlich fallen lasse?«, ächzte Sophie.

»Dann fällt ein Marmorkopf auf den Boden und geht wahrscheinlich kaputt. Mir selbst passiert nichts. Denk dran, ich bin in Wirklichkeit ja Hunderte von Kilometern entfernt. Ich bediene mich nur dieses Kopfes. Genauso wie du meine Stimme im Telefon hörst, hörst du jetzt meine Worte – alles andere ist optische Täuschung. Ein bisschen magischer Schnickschnack, weiter nichts.«

Sophie war halbwegs beruhigt. »Aber der Kopf fühlt sich so echt an«, sagte sie dann. »Die Haare … und die Haut … sie ist warm …«

»Vergiss nicht, wir sind mächtige Magier«, sagte Kaan. »Wir machen alles so perfekt wie möglich. Aber wenn dich die Wärme so sehr stört, dann kann ich das sofort ändern.«

Und Sophie spürte, wie der Kopf unter ihrem Arm eiskalt wurde. Das fand sie noch gruseliger. »Nnnein, bitte … bitte … lieber wieder wie vorhin …«

Kaans Kopf erwärmte sich. »Jetzt aber spute dich«, sagte er. »Wenn dein Verdacht begründet ist, dann kann dieser Jonathan viel Unheil anrichten. Je früher ihm das Handwerk gelegt wird, desto besser.«

»Viel Glück«, ertönte es von allen Seiten.
»Danke«, sagte Sophie.
Dann verließ sie den Saal, gefolgt von Salabim, der Huhu auf dem Arm trug. Während sie die Treppe hinunterging, hatte sie das Gefühl, etwas völlig Unwirkliches zu erleben. Was Max wohl dazu sagen würde? Sophie seufzte. Wie viele Sprossen der Strickleiter hatte er jetzt schon erklommen? Sie wünschte sich so sehr, bald wieder mit ihm zusammen zu sein. Ob sie heute Abend tatsächlich gemeinsam nach Hause radeln konnten?

Sie verließen das Schloss durch die Eingangshalle – Salabim warf noch einmal einen sehnsüchtigen Blick auf den wunderbaren Kronleuchter – und gingen durch den Park. Kaan dirigierte sie nach Norden. In diesem Teil des großen Gartens war Sophie noch nie gewesen. Ganz am Ende, verdeckt von hohen Bäumen, befand sich eine kleine Kapelle. Stufen führten in die Tiefe. Durch ein schmiedeeisernes Tor gelangten sie in einen niedrigen Raum. Die Wände waren aus grobem Stein gehauen und hatten lauter Nischen, in denen große, steinerne Särge standen. Überall flackerten kleine rote Grablichter.

»Die Familiengruft der Fleuchs«, sagte Kaan.

Sophie zog schaudernd die Schultern hoch. Sie fand diesen Ort alles andere als gemütlich, und bei dem Gedanken, dass hier in Kürze der leibhaftige Geist des toten Schlossherrn erscheinen würde, graute es ihr.

»Du kannst mich ruhig irgendwo ablegen«, sagte Kaan.

Sophie sah sich nach einem günstigen Platz um, dann setzte sie den Kopf vorsichtig in eine Nische. Kaan lächelte.

»Danke.«

»Gerne.« Sophie war froh, ihre Last los zu sein.

»Welches ist der richtige Sarg?«, fragte Kaan.

Sophie studierte die Inschriften.

»Ludwig von Fleuch, gestorben 1799. Der kann's nicht sein. Adalbertine von Fleuch, geboren 1813, gestorben 1903. Der auch nicht.« Sophie lugte um die

Ecke und stieß beinahe mit Salabim zusammen, der gerade eine Grablaterne untersuchte.

»Eine schöne Lampe, findest du nicht auch?« Er hielt eine schmiedeeiserne Laterne mit gelben Butzenscheiben in die Höhe.

Doch Sophie konnte dieser Grablampe nichts abgewinnen. Sie war viel zu aufgeregt, um sich damit zu beschäftigen. Huhu dagegen betrachtete die Laterne voller Interesse und probierte aus, wie man sie aufmachen konnte.

Sophie suchte weiter. Die nächste Inschrift war richtig. *Balthasar von Fleuch* stand auf dem steinernen Sarg, der noch recht neu aussah. Jedenfalls war er nicht so verwittert wie die anderen, und Moos hatte er auch noch nicht angesetzt.

»Hier liegt er«, sagte Sophie mit belegter Stimme.

»Sehr gut«, meinte Kaan. Dann begann er lateinische Worte zu murmeln.

Sophie fröstelte. Ihre Hände waren feucht vor Schweiß, und sie bereute es, dass sie nicht doch auf dem Klo gewesen war. Was würde jetzt geschehen? Würde sich etwa der steinerne Sargdeckel öffnen und der tote Schlossherr heraussteigen – hier, direkt vor ihr?

Unwillkürlich wich sie einige Schritte zurück.

»*Otium cum dignitate*. Ruhe mit Würde. Aber schenke uns dennoch ein paar Momente, denn eine wich-

tige Sache muss geklärt werden. Es betrifft deinen Sohn, es betrifft die Zukunft des Gespensterparks«, beendete Kaan seine Rede.
Sophie starrte auf den Sarg. Nichts rührte sich.
Klappte es nicht?
»Huhu findet die Lampe auch schön«, sagte Salabim neben ihr und hielt ihr erneut die Laterne vor die Nase. »Du hast sie dir überhaupt noch nicht richtig angeguckt.«
»Sehr hübsch«, sagte Sophie mechanisch. Ihr Blick fiel auf die Außentreppe, die plötzlich von der Sonne angeleuchtet wurde. Sie hörte Schritte.
Jemand kam die Stufen herab, ein Mann mittleren Alters. Er trug einen sommerlichen Freizeitanzug, war braun gebrannt und wirkte, als hätte er gerade Urlaub auf Mallorca gemacht.
Sophie hielt ihn im ersten Augenblick für einen Angehörigen der Fleuchs, der nach der Familiengruft sehen wollte.
Wenn er jetzt Kaans Kopf entdeckte! Und Salabim! Und Huhu! Was sollte sie dann sagen? So viele Ausreden gab es gar nicht!
»Ich komme zwar ungern, aber wenn ich so dringend gerufen werde, dann will ich auch wissen, was los ist. Also, wo drückt der Schuh? Was gibt's, Kaan?«
Sophie war sprachlos. War das etwa der Geist des toten Schlossherrn? Den hatte sie sich ganz anders

vorgestellt. Viel unheimlicher und älter und bleicher …

»Dieses Mädchen da, Sophie«, Kaans Blick wanderte in ihre Richtung, »beschwert sich über deinen Sohn, Balthasar. Sie behauptet, dass er überhaupt nicht geeignet sei, den Gespensterpark zu führen.«

»So, so«, sagte Balthasar und wandte sich an Sophie. »Und möchtest du mir vielleicht auch sagen, wie du zu dieser Behauptung kommst?«

Sophie begann zu erzählen, erst stockend und verlegen, doch dann wurde ihre Rede immer flüssiger. Diesmal vergaß sie keine Einzelheit.

Balthasar machte ein nachdenkliches Gesicht. »Der Mann, den du da beschreibst, scheint in der Tat nicht besonders fähig zu sein.«

»Und er stinkt«, meldete sich Salabim zu Wort, der endlich die Grablaterne zur Seite gestellt hatte. »Er stinkt ganz, ganz scheußlich, und zwar meilenweit gegen den Wind.«

Balthasar runzelte die Stirn. »Ich habe meinen Sohn schon lange nicht mehr gesehen. Aber soweit ich mich erinnern kann, ist er ein einfühlsamer Mensch, der Ehrfurcht und Achtung vor allen Geschöpfen hat. Wenn der Mann im Park tatsächlich mein Sohn ist, dann hat er sich sehr verändert! – Ich will ihn sehen. Komm, Sophie, zeige ihn mir.«

»Sie wollen in den Gespensterpark?«, fragte Sophie.

»Ja.« Mit einer Leichtigkeit, die Sophie ihm nie zugetraut hätte, hob er den schweren Steindeckel, auf dem *Ludwig von Fleuch* stand, und schwang seine Beine über die Kante. »Hier geht's durch.«
Sophie zögerte.
»Keine Angst, der Sarg ist leer«, sagte Balthasar. »Es ist nur ein Scheinsarg. Einen Ludwig von Fleuch hat es nie gegeben, zumindest nicht in meiner Familie.«

»Ach so«, sagte Sophie erleichtert. Sie wollte dem Schlossherrn schon folgen, als sich Kaan hinter ihr bemerkbar machte. »Und was ist mit mir? Hast du mich schon vergessen?«

»Entschuldigung«, sagte Sophie und packte den Kopf mit beiden Händen. »Und ihr?«, wandte sie sich an Salabim und Huhu.

»Wir kommen mit, ganz klar«, sagte Salabim und stieg hinter Sophie in den Sarg.

Von dort aus führte eine steinerne Wendeltreppe in die Tiefe. Die Stufen waren eng und glitschig. Sophie musste sich an dem eisernen Handlauf festhalten. Die Wände schimmerten grünlich und gaben ein unheimliches, unnatürliches Licht, ähnlich dem phosphoreszierenden Leuchten der Glühwürmchen …

Sophie wusste nicht, wie lange sie in die Tiefe stiegen. Es erschien ihr endlos. Irgendwann ertönte von oben ein lautes, dumpfes Geräusch. Der Sargdeckel war zugeschlagen.

Schließlich sah Sophie einen hellen Lichtschimmer. Balthasar trat als Erster ins Freie. Sophie und Salabim folgten. Sophie sah vor sich eine tiefe Schlucht. Sie waren geradewegs aus einem Felsen gekommen, und nur ein schmaler Weg führte am Abgrund entlang. Weiter vorne sah sie ein Gebilde, das aussah wie das Gerippe eines riesigen Tieres.

»Die Walfischbrücke«, erklärte Kaan, den Sophie

noch immer unter dem Arm trug. »Über sie gelangt man in den Gespensterpark. Egal, was auch passieren wird – du musst immer weitergehen. Lass dich nicht beirren, was immer du auch sehen wirst.«

Das hörte sich nicht gerade ermutigend an! Sophie war gespannt, welche Überraschungen noch auf sie warteten. Eigentlich hatte sie für heute schon genug Aufregungen gehabt.

Sie näherten sich der Brücke. Es war tatsächlich das Skelett eines großen Wals. Ein hölzerner Laufsteg, äußerst schmal, führte von der Schwanzspitze bis zum Maul auf die andere Seite der Schlucht. Der Steg sah wenig Vertrauen erweckend aus. Zum Glück gab es ein Seil, an dem man sich festhalten konnte.

Balthasar ging voraus. Leichtfüßig passierte er die Brücke – als sei es die einfachste Sache der Welt, über so einen schmalen Steg zu laufen. Sophie ging zögernd hinterher. Die Planken unter ihren Füßen schwankten. Der Holzsteg war beweglich. Ängstlich griff sie nach dem Seil und wünschte sich, sie wäre schon drüben.

Die Schlucht unter ihnen war tief und dunkel. Ganz unten rauschte ein Wildbach, den Sophie jedoch nicht sehen, sondern nur hören konnte.

»Denk dran«, ermahnte Kaan sie noch einmal. »Geh zügig voran – egal, was geschieht.«

Sophie bemühte sich, den Rat zu befolgen. Sie hatte ungefähr das erste Drittel der Brücke hinter sich, als sich die Umgebung plötzlich veränderte. Sophie starrte durch die Knochen des Wals und hatte auf einmal den Eindruck, mitten auf dem Meer zu sein. Es war stürmisch, hohe Wellen kamen auf sie zu und schwappten gegen den Steg. Über ihr kreisten riesige Möwen mit gierigen Augen und scharfen Schnäbeln. Ihr Kreischen hallte in Sophies Ohren.

»Geh weiter«, kommandierte Kaan. »Das sind nur Trugbilder, sonst nichts.« Sophie setzte tapfer einen Fuß vor den anderen. Zur Rechten erschien nun ein schwarzes Segelschiff. Der Mast war gebrochen und die Segel zerfetzt. Das Schiff trieb ohne Steuermann auf dem Meer und wurde von den Wogen hin und her geworfen.

Der fliegende Holländer, schoss es Sophie durch den Kopf. Sie erinnerte sich an die Sage von dem Schiff, das dazu verdammt war, für alle Zeiten auf den Meeren herumzusegeln. Die Besatzung war längst gestorben, nur ihre Geister hielten sich noch an Bord auf.

Sophie wandte den Blick ab und ging weiter. Gleich darauf stockte sie. Vor ihr im Holzsteg klaffte plötzlich ein riesiges Loch. Man konnte das tiefe, unergründliche Wasser sehen.

»Weitergehen«, befahl Kaan. »Was immer du auch siehst – es ist gar nicht da.«

Die nächsten Schritte kosteten Sophie große Überwindung. Sie hatte Angst, ins Leere zu treten. Doch dann spürte sie unter ihren Füßen den Holzsteg. Kaan hatte recht. Das Loch war in Wirklichkeit gar nicht da.
Kurz darauf kam ihr ein herrenloses Holzbein entgegen und ein grässlicher, violetter Tintenfisch hockte mitten auf den Planken und starrte sie mit seinem einzigen Auge feindselig an. Ermutigt von Kaan ging Sophie einfach durch ihn hindurch.

Dann hatte sie die andere Seite erreicht. Salabim sprang ebenfalls vom Holzsteg herunter.
»Meine Güte, meine Güte!«, jammerte er und nahm Huhu auf den anderen Arm. »Was für eine schreckliche Brücke. Über die gehe ich bestimmt nie wieder!«

Huhu, der sich die ganze Zeit über die Augen zugehalten hatte, lugte jetzt wieder vorsichtig zwischen den Fingern hindurch.

Der Weg vor ihnen führte in eine raue, wilde Gegend mit zerklüfteten Felsen und Wasserfällen. Hier war Sophie noch nie gewesen, aber schließlich kannte sie ja auch erst einen kleinen Teil vom Gespensterpark.

Als sie sich noch einmal nach Salabim umdrehte, sah sie, wie sich die Walfischbrücke in einen echten Wal verwandelte. Dieser sank in die Tiefe, Sophie hatte einen Moment lang den Eindruck, dass das Wasser über ihm zusammenschlug. Dann war der Spuk verschwunden. Nur die Schlucht war noch zu sehen.

Kaan, den Sophie noch immer unter dem Arm trug, schien ihre Gedanken zu erraten. »Ja, die Walfischbrücke ist auch nur eine Art Einbahnstraße, genau wie die *Allee der Träume*. Man kann auf diesem Weg nur in den Gespensterpark hinein, aber nicht hinaus. Das ist ein Schutz, damit die Gespenster nicht aus dem Park fliehen.«

Sie gingen weiter.

»Na, wie steht's denn nun mit deiner feinen Nase?«, fragte Balthasar den Lampengeist. »Du hast doch behauptet, dass du meinen Sohn schon von weitem riechen kannst. Dann bring uns zu ihm!«

Salabim übernahm die Führung. Immer wieder blieb er stehen, hielt seine Nase in den Wind und schnüffelte geräuschvoll. Anschließend ging er einmal nach links, dann wieder geradeaus, und schließlich bog er nach rechts ab. Sophie runzelte die Stirn. Sie war sich nicht sicher, ob Salabim mit seinem empfindlichen Geruchssinn nicht nur angegeben hatte. Doch da hielt der Lampengeist so unvermittelt an, dass Sophie fast in ihn hineinlief.

»Der Kerl ist ganz nah«, verkündete er aufgeregt und hielt sich die Nase zu. »Pfui, er stinkt wie die Pest!«

Tatsächlich! Als sie um einen Hügel herumgegangen waren, sahen sie Jonathan von Fleuch plötzlich vor sich. Er stand am Rand eines Teichs und warf gerade eine Angel aus.

»Mein geliebter Sohn«, rief Balthasar. »Lass dich umarmen.«

Jonathan, der die Ankömmlinge nicht bemerkt hatte, erschrak so, dass ihm die Angel entglitt und ins Wasser rutschte. Er starrte Balthasar entgeistert an.

»Wer sind Sie? Was wollen Sie von mir?«

»Aber Jonathan, erkennst du deinen eigenen Vater nicht mehr?«, fragte Balthasar und trat auf seinen Sohn zu. »Ich bin zwar tot und sicherlich bist du erstaunt über mein Auftauchen, aber so schlecht kann dein Gedächtnis doch nicht sein!« Und er umarmte den völlig überraschten Jonathan, der stocksteif dastand.

Doch mit einem Mal wich Balthasar einen Schritt zurück und hielt einen schäbigen Umhang in der Hand.

»Seht her!«, rief er triumphierend. »Damit hat sich der Betrüger als mein Sohn ausgeben wollen!«
Sophie stellte erstaunt fest, dass Jonathan sich verwandelt hatte. Nun war er mittelgroß und rundlich, hatte dünnes blondes Haar und eine kleine spitze Nase. Er trug ein rotes Hemd und karierte Hosen, deren Muster Sophie sofort wiedererkannte.
»Ein magischer Verwandlungsumhang«, sagte Kaan. »Jeder, der ihn trägt, kann das von ihm gewünschte Aussehen annehmen.«
»Leider hat der Umhang ein Loch«, wandte Balthasar ein. »Deswegen war die Verwandlung nicht vollkommen, sondern sein unteres linkes Hosenbein und der linke Schuh sind so geblieben, wie sie waren.«

Der falsche Jonathan stieß einen Fluch aus und rannte los. Kaan unter Sophies Arm murmelte etwas, was das Mädchen nicht verstand. Aber dann sah Sophie, was passierte: Obwohl der Fremde lief und lief, kam er nicht von der Stelle.

»Eine einfache Laufradfalle«, bemerkte Kaan. »Da kommt er nicht raus, solange ich es nicht will. Ich nehme an, er wird uns gleich erzählen, wer er ist und was er vorhatte. Und natürlich interessiert es uns auch sehr, was er mit Hartriegel gemacht hat.«

Sophie konnte es kaum erwarten. Doch plötzlich wurde sie auf Huhu aufmerksam. Der Steinerweicher schluchzte nämlich gotterbärmlich. Verzweifelt hielt er sich an Salabim fest und heulte so sehr, wie Sophie es noch nie erlebt hatte.

Ariels Geständnis

Huhu wollte sich gar nicht beruhigen. Er war überhaupt nicht ansprechbar, egal, was Sophie oder Salabim auch mit ihm anstellten.

»Warum ist er plötzlich so in Panik geraten?«, fragte Kaan. Sein Blick fiel auf den Fremden, der endlich gemerkt hatte, dass seine Lauferei sinnlos war. »Weißt du vielleicht eine Antwort darauf?«

»Schafft ihn weg«, schluchzte Huhu. »Huhu will ihn nicht sehen. Er hat Huhu geärgert und gequält ... Huhu musste weinen, ganz viel weinen ...«

»Kennst du den Mann?«, fragte Sophie leise und kraulte Huhu an den Ohrenspitzen.

Huhu schniefte, drehte kurz den Kopf und presste sich dann wieder gegen Salabims Brust. »Ariel«, stieß er aus. »Er ist böse ... ganz böse.« Und er fing von neuem an zu schluchzen.

»Ariel?«, fragte Kaan nach. »Der Mann heißt Ariel?«

Huhu nickte eifrig und versteckte seinen Kopf zwischen den Armen.

»Ariel ...« Kaan überlegte. »Ariel ... Ariel ... Ariel Parasol! Natürlich! Ich wusste, dass ich dieses Gesicht schon einmal gesehen habe.«

Ariel starrte ihn an, ohne zu antworten.

»Als das letzte Mal der *Geheime Rat der Zwölf* gewählt wurde – vor zwölfeinhalb Jahren –, hast du kandidiert«, erinnerte sich Kaan. »Du wolltest Mitglied werden, aber du hast die Anforderungen nicht erfüllen können.«

»Nun, das ist lange her«, erwiderte Ariel. »Ich hätte die Prüfungen fast bestanden, wenn nicht –«

»Fast bestanden?«, wiederholte Kaan und zog die Augenbrauen hoch. »Du bist damals in Bausch und Bogen durchgefallen.«

Ariel zuckte die Achseln. »So genau kann ich mich nicht mehr daran erinnern.«

»Dafür erinnere ich mich jetzt umso besser«, sagte Kaan. »Fiona ist deine Großmutter, richtig? Sie war jahrelang bei uns im Rat. Eine hervorragende Magierin, bis sie dann auf eigenen Wunsch ausgeschieden ist.«

»Ja«, mischte sich Balthasar ein. »Eine tolle Frau. Und so verantwortungsbewusst. Sie hat aufgehört, weil sie merkte, dass ihre magischen Kräfte schwächer wurden. Sie wollte kein Risiko eingehen.«

Sophie stellte fest, dass Ariel zusammenzuckte, als über seine Großmutter geredet wurde.

»Genug davon«, unterbrach Kaan. »Sag uns jetzt, wo Hartriegel ist! Was hast du mit ihm gemacht?«

Zuerst wollte Ariel nicht mit der Sprache heraus-

rücken. Doch als Kaan ihm androhte, er würde ihn auf der Stelle in einen Wutschnauber verwandeln, gab er klein bei.

»Der Kerl hat sich meinen Anweisungen widersetzt«, sagte Ariel. »Er hat sich aufgespielt, als sei er der Herr des Gespensterparks.«

»Aber Hartriegel *ist* im Augenblick der Herr des Gespensterparks«, fiel ihm Balthasar ins Wort. »Er hat mir sein Versprechen gegeben, bevor ich starb.«

»Also: Wohin hast du Hartriegel gebracht?«, wiederholte Kaan seine Frage.

»Wenn endlich dieses

verdammte Laufrad verschwindet, könnte ich es euch zeigen«, antwortete Ariel schnippisch.

»Glaub aber nicht, dass du uns täuschen kannst«, sagte Kaan. Dann murmelte er einen Spruch, und Ariel konnte sich wieder frei bewegen. Sie ließen ihn nicht aus den Augen. Er führte sie um den Hügel herum zu einer Grotte.

»Hier drin ist er.«

»Die Eisfeen-Grotte«, sagte Balthasar.

»Eisfeen?«, fragte Sophie nach.

»Geschöpfe aus Schnee und Eis«, erklärte Balthasar. »Sie fühlen sich nur bei Minustemperaturen wohl, deswegen ist es in dieser Grotte kalt wie in einem Gefrierschrank.«

Sophie schluckte. Sie konnte sich denken, was Ariel mit Hartriegel gemacht hatte. »Dann ist ... ist Hartriegel zu Eis erstarrt?« Sie war entsetzt. »Aber dann muss er ja tot sein!«

»Beruhige dich, Sophie«, sagte Kaan. »Vergiss nicht, du befindest dich hier im Gespensterpark. Hier funktioniert alles anders. Sollte Hartriegel tatsächlich zu Eis erstarrt sein, dann kann ihn der *Geheime Rat der Zwölf* auftauen.«

Sophie war erleichtert und gleichzeitig sehr gespannt, als sie die Eisfeen-Grotte betraten.

Eine Wunderwelt aus Eis tat sich vor ihnen auf. Sophie fröstelte. Lange würde sie die Kälte wohl nicht ertragen können. Den anderen schienen die Minusgrade wenig auszumachen. Es sah sogar so aus, als fühlte sich Balthasar mit seinem Sommeranzug ausgesprochen wohl hier. Nun – er war ja auch ein Geist!

Große Eiszapfen hingen von der Decke herab, andere wuchsen von unten empor. Es gab gedrehte Säulen und andere phantastische Gebilde. Das Wunderbarste aber waren die durchscheinenden Eisfeen, die zwischen den Zapfen umherhuschten. Sophie konnte nur immer einen ganz kurzen Blick auf die weißen Gestalten werfen. Die scheuen Eisfeen ließen niemanden an sich heran. Aber man hörte sie flüstern und wispern. Neugierig schauten sie zu, was die Fremden in ihrer Grotte taten.

»Hier drin ist er«, sagte Ariel und deutete auf eine dicke Eissäule.

Die Eissäule war völlig undurchsichtig und sah aus wie etliche andere Säulen in der Grotte. Man hätte jahrelang nach Hartriegel suchen können, ohne ihn zu finden!

»Und wie kriegen wir ihn da raus?«, fragte Sophie.

Der Eisblock sah unvorstellbar schwer aus.

Kaan zögerte. »Ich tue es ungern. Aber dieses eine Mal werde ich die Regeln brechen. Ich werde uns alle, diesen Eisklotz eingeschlossen, in den Konferenzsaal zurückzaubern. Das ist der schnellste Weg.«

Er schloss die Augen, konzentrierte sich und begann den Zauber zu sprechen, als Sophie noch etwas einfiel. Etwas sehr Wichtiges. Sie tippte ihm sachte auf den Scheitel.

»Und was ist mit Max?«, wollte sie wissen. »Wenn Sie schon die Regeln brechen – können Sie ihn nicht auch gleich mit herauszaubern?«

»Gut, Sophie.« Kaan seufzte. »Ausnahmsweise. *Sic volo, sic iubeo …*«

Max hatte gerade die sechshundertdreiunddreißigste Sprosse der Strickleiter erreicht. Seine Hände waren schon ganz wund vom ständigen Greifen, seine Beine bleischwer. Er wagte nicht, in die Tiefe zu schauen. Wie lange würde diese Kletterei noch dauern? Würde

sie überhaupt je ein Ende nehmen? Oder war dies nur wieder einer der magischen Tricks des Gespensterparks, eine neue Qual?
Zuerst hatte er sich riesig gefreut, als die Strickleiter plötzlich da gewesen war. Es wurde höchste Zeit, denn der See war schon bedrohlich näher gekommen, und die Sandbank war zu einem winzigen Stückchen geschrumpft. Max aber war die ganze Zeit über zuversichtlich gewesen, dass Salabim sein Bestes tun und Hilfe holen würde. Einen Augenblick lang hatte sich Max auch eingebildet, von weit oben Sophies Stimme zu hören. Aber er war sich nicht sicher gewesen.
Als dann einige Zeit später die Strickleiter vor seine Füße herabgefallen war, hatte er vor Freude aufgeschrien. Voller Eifer hatte er zu klettern angefangen …
Nach ungefähr hundert Sprossen waren ihm langsam Zweifel gekommen. Nach zweihundert musste er eine längere Pause einlegen.
Nach dreihundert wurde er mutlos, aber es blieb ihm nichts anderes übrig, als weiterzuklettern.
Nach Sprosse vierhundert gab er die Hoffnung allmählich auf, und bei der fünfhundertsten

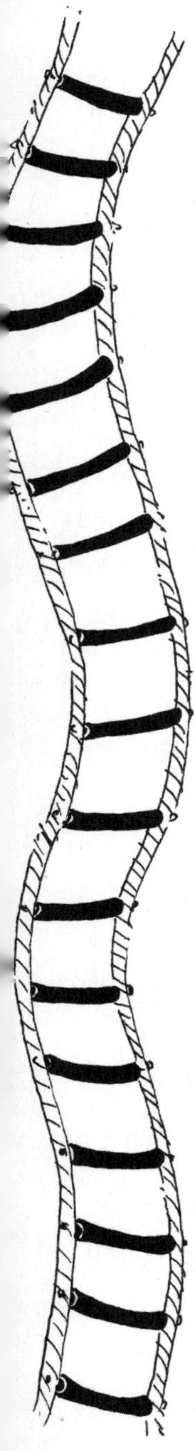

hatte er vor lauter Verzweiflung geheult. Zum Glück hatte es niemand gesehen …
Jetzt war er unglaublich durstig. Schon seit einer Viertelstunde rührte er sich nicht mehr vom Fleck, er hatte einfach keine Lust mehr. Diese Strickleiter schien Millionen von Sprossen zu haben …
»Verdammter Gespensterpark«, schimpfte Max. »Wäre ich doch nie hierher gekommen! Was für eine verflixte Welt aus Spuk und Hexerei!«
Er schniefte und suchte mit einer Hand in seiner Hosentasche nach einem Taschentuch. Da stießen seine Finger auf etwas Hartes. Die Schutzgemme, die er bei seinem ersten Besuch im Schlosspark gefunden hatte! Der Stein mit den magischen Symbolen hatte ihm mehrfach Glück gebracht …
»Hilf mir«, murmelte Max. »Wenn du wirklich was taugst, dann bring mich hier weg!«
Er rieb den Stein an seiner Hose und steckte ihn wieder ein.
Als er nach der nächsten Sprosse greifen wollte, langte er ins Leere und spürte zu seinem Entsetzen, wie er durch die Luft segelte …

Der Eisklotz lag mitten im Konferenzsaal, und alle Magierköpfe hefteten ihre Blicke auf ihn.
»Stell mich wieder auf meine Säule zurück, Sophie«, bat Kaan.
Sophie gehorchte. Max, der neben ihr aus dem Nichts aufgetaucht war – mit wunden Händen und verstörtem Ausdruck im Gesicht –, schaute ungläubig zu, was sie tat.
Er war zwar sehr erleichtert, Sophie wiederzusehen, aber er konnte sich überhaupt nicht erklären, was gerade passierte.
»Hallo, Sophie«, er grinste unsicher, »ich kapier gar nicht, was hier abläuft, aber trotzdem danke fürs Rausholen! Diese verdammte Strickleiter hat mich nämlich zur Verzweiflung gebracht. Aber – iiiihhhh, warum schleppst du einen Menschenkopf mit dir rum?« Er verzog angewidert das Gesicht.
»Das ist Kaan, der Vorsitzende des *Geheimen Rats der Zwölf*«, sagte Sophie. Sie war heilfroh, dass Max wieder aufgetaucht war. Später würde sie ihm alle Einzelheiten haarklein erzählen, aber jetzt hatte sie leider noch keine Zeit dafür. Trotzdem musste sie zumindest einige Dinge klarstellen. »Wir haben den Geist des toten Schlossherrn beschworen. Balthasar von Fleuch hat Ariel als Betrüger entlarvt.« Sie setzte Kaan wieder auf die Marmorsäule. »Der Kopf ist nicht echt. Ich meine, Kaan ist momentan eigentlich

ganz woanders ... Dies hier ist in Wirklichkeit nur ein Marmorkopf und Kaan spricht durch ihn.«

»Hm«, machte Max, der das Ganze noch immer nicht so recht begriffen hatte.

Er sprang erschrocken zur Seite, denn plötzlich schossen aus den zwölf Augenpaaren der Magier und Magierinnen helle Lichtblitze und trafen den Eisklotz. Das Eis begann zu schmelzen. Auf dem Fußboden bildete sich eine große Wasserpfütze. Nach und nach wurde der Kern des Eisblocks sichtbar: Amadeus Hartriegel.

Zuerst lag der Alte erschöpft auf dem Boden, dann begann er sich zu regen und setzte sich auf, triefnass und ziemlich verwirrt. Die Lichterstrahlen erloschen.

»Der *Geheime Rat der Zwölf* dankt Ihnen für Ihren Einsatz und Ihre Tapferkeit«, sagte Albrun. »Durch das mutige Handeln zweier Kinder ist heute verhindert worden, dass ein Fremder Besitz vom Gespensterpark ergriffen hat.«

»Oh«, stammelte Hartriegel und sah Ariel fassungslos an.

»Nun, Ariel«, forderte Kaan streng, »erzähle dem Rat und den Gästen deine Geschichte. Ich warne dich: Wir wollen die Wahrheit hören. Lügen sind zwecklos. Denn deine Großmutter, die ehrenwerte Magierin Fiona, ist ebenfalls herbeigerufen worden.«

An der Wand gegenüber der Eingangstür erschien ein

Bild. Es sah aus wie eine Leinwandprojektion. Eine alte Frau mit wirrem weißem Haar schaute in den Raum. Zu ihren Füßen kauerte ein grauer Wolf, den sie mit ihren knotigen Händen streichelte.

»Ich grüße den *Geheimen Rat der Zwölf*. Der Anlass meines Besuches ist mir äußerst unangenehm. Ich wünschte, mein Enkel hätte all das nicht getan. Ich schäme mich so sehr für ihn und bitte alle Anwesenden für seine Schandtaten um Verzeihung.«

»Ach, sei still, Oma«, sagte Ariel trotzig. »Misch dich nicht ein. Das hier ist allein meine Angelegenheit.«

»Nein, Ariel, du täuschst dich«, sagte Fiona. »Es geht mich sehr wohl etwas an. Schließlich bist du bei mir aufgewachsen. – Verehrter Rat«, wandte sie sich an den *Geheimen Rat der Zwölf*, »Ariel lebte bei mir, seit er fünf Jahre alt war. Seine Mutter ist leider früh verstorben, und sein Vater hat sich nie um ihn gekümmert. Schon als Kind hat sich Ariel sehr für Magie und Zauberei interessiert. Ich habe mir gewünscht, er würde eines Tages in meine Fußstapfen treten, aber leider habe ich schnell herausgefunden, dass er nicht das geringste magische Talent hat.«

»Das ist gelogen!«, rief Ariel empört.

»O nein, es stimmt«, widersprach Fiona. »Was die Magie angeht, bist du so unbegabt wie ein normaler Mensch. Außerdem bist du machthungrig und faul.«

Ariel sah aus, als würde er gleich explodieren. Die Mitglieder des Rats fingen an, laut miteinander zu diskutieren. Fiona hatte Mühe, sich wieder Gehör zu verschaffen.

»Ich bin noch nicht fertig«, rief sie. »Ariel wollte nicht einsehen, dass aus ihm kein großer Magier werden würde. Deswegen versuchte er, sich hinter meinem Rücken geheimes Wissen aus meinem Zauberbuch anzueignen.« Sie machte eine kleine Pause und fuhr dann fort: »Deswegen wollte ich dieses Buch vernichten. Ich steckte die Seiten in einen Reißwolf, in der Hoffnung, dass dieser es in kleinste Schnipsel zerschneiden würde. Ich war aber noch nicht fertig, als sich das Gerät mit einem Mal in einen richtigen Wolf verwandelte.« Sie tätschelte den Wolf, der zu ihren Füßen lag. »Nämlich in diesen hier. – Ja, du bist mein Guter!«

»Werter Rat«, hob sie von neuem an, »dies war wieder ein Beweis dafür, wie schwer es ist, Zauberbücher dauerhaft zu vernichten. Die übrig gebliebenen Seiten habe ich in meinen Kamin eingemauert, um sie vor meinem Enkel zu schützen.«

»Du hast mir schon immer jeden Spaß verdorben«, grollte Ariel finster.

Fiona hörte nicht auf ihn. »Ich riet meinem Enkel, sich eine anständige Arbeit zu suchen und seinen Lebensunterhalt zu verdienen. Ariel wurde Waldarbeiter, und eine Zeit lang war ich wirklich sicher, dass aus ihm etwas Ordentliches werden würde.« Ihr Mund nahm einen strengen Zug an. »Leider wartete mein Enkel nur auf eine Gelegenheit, mich zu hintergehen.«

»Glaubt ihr kein Wort!«, fuhr Ariel dazwischen.

»Bei seinen Arbeiten im Wald lernte er eines Tages einen Schrat kennen«, erzählte Fiona weiter. »Es war ein grüner Waldschrat mit roten Augen und sieben Zehen an jedem Fuß. Mein Enkel konnte den Schrat beeinflussen. Er versprach ihm eine große Belohnung, wenn er ihm einen Steinerweicher fangen würde. Denn mit den Tränen eines solchen Geschöpfs lässt sich der stärkste Stein auflösen – selbst die dicken Steinbrocken meines Kamins!«

Huhu, der immer noch auf Salabims Arm saß, hatte aufmerksam zugehört. Jetzt fing er wieder an zu schluchzen. Die Tränen fielen auf den Boden, aber auf dem alten Eichenparkett richteten sie keinen Schaden an.

»Der Schrat gehorchte«, sagte Fiona. »Er brachte meinem Enkel eines Tages tatsächlich einen Steinerweicher.« Sie schwieg einige Augenblicke. »Muss ich schildern, wie die beiden das arme Geschöpf gequält haben? Sie haben es so fürchterlich geärgert, bis der Steinerweicher nicht mehr zu weinen aufhören konnte. Auf diese Weise kam Ariel an die übrig gebliebenen Seiten des Zauberbuchs heran.«

Sophie spürte großes Mitleid mit Huhu. Jetzt war klar, warum der Kleine dauernd heulen musste. Er hatte Schlimmes durchgemacht.
»Mit Hilfe der restlichen Seiten und meines uralten magischen Umhangs hat sich mein Enkel als der Erbe dieses Gespensterparks ausgegeben«, fuhr Fiona fort. »Leider habe ich alles zu spät erfahren, sonst hätte ich meine verbliebene Zauberkraft eingesetzt, um den Plan meines Enkels zu verhindern. Aber ich schlief, während er die Seiten aus dem Kamin entwendete. Erst jetzt hat mir mein alter Spiegel, der Ariel dabei beobachtet hat, alles erzählt.«
»Ihr werdet doch dieser Verrückten kein Wort glauben!«, schrie Ariel aufgebracht. »Die ist schon lange nicht mehr richtig im Kopf. Würde sie sonst einen wilden Wolf als Haustier halten?«
»O nein, Ariel, damit kommst du nicht durch.« Fiona blieb gelassen. »Ich weiß, dass der Rat mir glauben wird. Und dieses Wesen hier ist tatsächlich ein Reißwolf gewesen. Inzwischen ist er alt. Ich glaube fast, er wird sich bald zurückverwandeln.«
»Sie spinnt«, sagte Ariel. »Ganz eindeutig.«
Fiona lächelte und klopfte gegen das Hinterteil des Wolfes. Es klang blechern. »Hört ihr es, Mitglieder des Rats? Das ist Metall. Mein Wolf wird in Kürze wieder das werden, was er einst war. Seine Hinterläufe sind schon ganz steif.«

Ariel schlug die Hände vors Gesicht und schüttelte den Kopf.
»Du bist überführt, Ariel«, sagte Kaan. »Deine Großmutter hat die Wahrheit gesagt. Wir haben keinen Grund, an ihren Worten zu zweifeln.«
»Sie lügt«, versuchte es Ariel noch einmal.
»Gib dir keine Mühe, Ariel«, meinte auch Albrun. »Finde dich damit ab, dass aus dir nie ein großer Magier wird. Mit Hilfe der Zauberseiten und der Geschöpfe aus dem Gespensterpark wolltest du Macht erlangen – aber dein Plan ist gescheitert.«
Der falsche Erbe sah zu Boden. Er gab auf.
»Du wirst dem Rat jetzt die Seiten des Zauberbuchs übergeben«, bestimmte Kaan. »Jeder Magier wird ein Blatt in Empfang nehmen und es gut verwahren.«
Zögernd griff Ariel in seine Brusttasche und holte einen Stapel Papiere heraus. Balthasar verteilte sie in der Runde. Sophie sah, wie sich die Blätter zusammenrollten und unter die Köpfe glitten. Es ging genau auf. Als das zwölfte Blatt weg war, begann Ariel leise zu schluchzen.
»Du wirst mit mir nach Hause kommen«, sagte Fiona. »Du wirst wieder Bretter sägen und für Kaminholz sorgen. Und in Zukunft lässt du Waldschrate, Steinerweicher und andere magische Geschöpfe in Ruhe.«
Ariel musste vor dem Rat ein feierliches Versprechen

abgeben, dass er in Zukunft auf jegliche Zauberei verzichten würde. Balthasar zerriss vor allen Augen den magischen Umhang. Er brauchte dazu kaum Kraft, das alte Gewebe zerfiel regelrecht.

»Jetzt wird auch dieser Umhang keinen Schaden mehr anrichten«, sagte Kaan zufrieden.

Dann – mit einem Donnerschlag – verschwanden Fiona und der Wolf. Die Lichtblitze des Rats schickten Ariel hinterher.

»Die Konferenz ist beendet«, sagte Kaan wenig später. »Wir ziehen uns jetzt zurück. Es war sehr anstrengend.«

Und die zwölf Köpfe, einer nach dem anderen, wurden wieder zu weißem Marmor.

Dann waren Hartriegel, Balthasar, Salabim, Huhu, Sophie und Max allein im Saal.

»Ich glaube, ich werde auch nicht mehr gebraucht«, sagte Balthasar und lächelte. »Das Abenteuer ist zum Glück noch einmal gut ausgegangen. Ich bin sehr froh, dass es nicht mein Sohn war, der all das Unheil angerichtet hat.«

Er nickte allen noch einmal freundlich zu, dann ging er einfach durch die Wand und war verschwunden.

»Pfff«, machte Hartriegel und stieß die Luft aus. »Wisst ihr, was ich mir jetzt am meisten wünsche? Ich will aus diesen nassen Kleidern raus!«

Eine Weile danach saßen alle im Büro des Alten. Amadeus Hartriegel hatte sich umgezogen, und Huhu machte sich glücklich über einen Haufen Socken mit viel Mayonnaise her. Max, Sophie und Salabim saßen um den Schreibtisch herum und erzählten noch einmal in allen Einzelheiten, was sich ereignet hatte, während Hartriegel im Eisblock eingefroren gewesen war.

»Ihr habt bewiesen, dass ihr sehr tüchtige Gespensterpfleger seid«, sagte Hartriegel anerkennend. »Huhu und Salabim waren auch hervorragend. Ich finde, ihr habt alle eine Belohnung verdient.«
Max und Sophie wechselten einen Blick. Sie waren sich sofort einig. Eine Belohnung brauchten sie eigentlich nicht. Ihnen genügte es, wenn sie weiterhin in den Gespensterpark kommen durften. Und daran ließ Hartriegel keinen Zweifel. Der rechtmäßige Erbe des Gespensterparks war ja noch immer nicht aufgetaucht.
»Huhu will einen anderen Namen«, meldete sich der Steinerweicher plötzlich zu Wort und wischte sich die Mayonnaise vom Mund. »Huhu klingt blöd, nach Weinen.«
»Wir werden uns einen neuen hübschen Namen für dich ausdenken«, versprach Sophie und stieß Max an. »Nicht wahr?«

Max nickte. »Uns wird bestimmt etwas einfallen.«
»Ich habe mir gedacht, dass Huhu hier in meinem Büro wohnen kann«, sagte Hartriegel. »In dem großen Aktenschrank ist genug Platz. Und dann hab ich abends immer Gesellschaft. Und jetzt, seit sich Nepomuk, mein kleiner Klammergeist, verliebt hat, ist es hier manchmal ein bisschen einsam.«
Huhu strahlte. Der Vorschlag gefiel ihm.
»Und welchen Wunsch hast du?«, fragte Hartriegel Salabim.
Der Lampengeist knetete verlegen seine Finger.
»Ich hätte schon einen Wunsch«, sagte er zögernd. »Aber vielleicht ist er unverschämt. Ich brauche doch eine neue Lampe und vorne in der Eingangshalle hängt dieser wunderschöne Kronleuchter. Darf ich dort wohnen?«
»Wenn's weiter nichts ist«, sagte Hartriegel. »Das lässt sich einrichten.«
Vor Freude warf Salabim seinen Turban an die Decke.

fi 555 086 / 1